嬌女芳菲 3 完

喬顏 著

文創風 311

目錄

第六十二章

石磊見父親將信物都拿出來了，而那信物十分不凡，不是石父能夠偽造的，他一邊忍著心中的疑惑，一邊小聲對父親說：「爹爹，以後的事，我們回去再說吧。」

皇帝不可能親自下來接這所謂的信物，只好大太監來幹這活了。

太監三步併成兩步走到石父面前，接過了石父手上的東西。

嘿，這石父，從哪兒找的這麼溫潤的玉珮！

心腹太監拿了玉珮和襁褓給皇帝細細看了，見皇帝看到這塊玉珮的臉色十分複雜。

眾大臣見皇帝盯著那塊玉珮不放，心想這之中莫非有什麼蹊蹺？但是都被皇帝凝重的神色給鎮住了，不敢出聲詢問。

皇帝盯了這玉珮好一會兒，又抬頭打量了石磊一番，再看了看襁褓，又望了望石磊，他清了清嗓子問石父：「你是什麼時候撿到他的？」

石父回憶了一番。

「我是在二十年前龍抬頭那天撿到石磊的。」

「當時抱著石磊的女子是什麼樣？」皇帝繼續問道。

時間已久遠，石父倒是不記得抱石磊的女子的模樣，只是粗略描述了下她的穿著。

皇帝一聽，手中捏著的玉珮緊了緊。

「這件事，朕會慢慢調查一番，你們都先下去吧。」

三皇子見皇帝對此件事居然是輕輕放下，心中也鬆了一口氣，他在台下暗暗瞪了石磊及其父母一眼。

呵，這筆仇，他必定會報回來。

殊不知，他在朝堂上的神色，已經落入了皇帝的眼底，加深了皇帝對他的厭惡。這樣心思狹隘的兒子，還不如不要。

皇帝下了朝，帶著心腹太監便匆匆忙忙往淑貴妃那兒趕，心腹太監心中嘀咕著——皇上今兒是什麼意思啊？看了那塊玉珮就魂不守舍了。

皇帝沒有讓宮人的通報，就逕自走進了淑貴妃的寢宮。

淑貴妃並沒有打扮，而是穿著常服，一臉驚訝。

「皇上，您怎麼來了？這是剛下朝嗎？怎麼匆匆忙忙的？」

淑貴妃這話雖然問的是皇帝，眼神卻是看著皇帝身邊的太監，心腹太監對著淑貴妃搖了搖頭，表示他也不知道是為什麼。

淑貴妃趕緊差人端茶給皇帝，皇帝並不喝，反而急急握著淑貴妃的手。

「妳前幾日跟我說看見石磊便想起了子亭？」

淑貴妃心裡咯噔了一下，她只是覺得敵人的敵人便是自己的盟友，於是在言語上提攜了石磊一把，皇帝這是怎麼了？

難道石磊在差事上出了什麼差錯？

淑貴妃心裡思量著，她說出去的話不可能再改了，再不濟，跟皇帝承認自己看走眼了便是。

「是啊，我當初看著石小將軍，就覺得他跟子亭很像呢，只不過再怎麼像，他也是越不過子亭的。」

當時淑貴妃與皇帝、黎子亭在年輕時都打過交道，淑貴妃叫一聲子亭並不為過。

玉珮、日子都對上了，甚至連抱著嬰兒的女子所穿衣服都是黎家的僕從服。石父這麼一個田莊老漢，怎麼可能拿得到子亭與他結盟的玉珮？如何知道黎家家僕的服裝會是什麼樣？難道黎家真的有血脈逃過當時的滅族一劫？

皇帝皺著眉思考著，黎家滅族的時候，子亭的確剛剛得了一個兒子，才一個月大，子亭將結盟玉珮給了他，對皇帝說盼望日後兒子對皇帝效忠，莫非石磊真的是子亭的後代？那麼他對石磊莫名其妙的熟悉感便能解釋了。而且淑貴妃是見過子亭的，她也說石磊像子亭，那麼就錯不了了。

皇帝十分激動，他一直惋惜好友沒有留下血脈，卻不料石磊有可能是他的兒子，而且這個兒子還如他一般優秀！

皇帝又想到石磊生長於農家，還被生活逼得去從了軍，最後立下了功勞，若石磊不是子亭的兒子，他對石磊的經歷本已是十分讚賞的；若石磊是子亭的兒子，那他就格外自責了，當初他為什麼不再仔細調查一下呢？讓子亭的血脈遭受如此之苦。

皇帝在淑貴妃的寢宮裡焦躁地走來走去，淑貴妃也不打擾，只是氣定神閒的坐在榻上看著皇帝。

皇帝走了半晌，才想到淑貴妃在身邊，他轉過頭來對淑貴妃說：「這石磊，有可能是子亭的血脈。」

「什麼?!」淑貴妃驚訝的站了起來，哪裡有命這麼好的人物，逃過株族，被農家撿去養了，然後又參軍憑著軍功回返朝廷，還讓皇帝發現了他的身世。

若他真是子亭的兒子，皇帝肯定會視如親子，那子亭肅國公的爵位，不也落到了他身上？這對石磊來說，真是天上砸下的大餡餅啊。

「皇上，您趕緊派人查查，若是真的，只能說子亭在九泉之下還惦記著您，讓兒子來為您盡忠呢。」淑貴妃如此說道。

皇帝聽到此話，心中十分感動。

「子亭是一向記掛著我的。」

動情之處，還擦了擦眼睛。

居然是這樣！心腹太監在心中驚嘆，若石磊是那位的兒子，他以後要小心伺候著了。

皇帝上心的事下面的人當然要認真查，他們抽絲剝繭，查出當年黎子亭的夫人將兒子藏回了娘家，可是娘家勢小，當然不敢收留，那心腹丫鬟只好一路帶著黎家的最後一個血脈往偏僻處跑，可是再跑也躲不過想斬草除根的殺手們，不過好在上天憐憫，給了黎家最後一線生機。

當然，從黎子亭夫人家出來以後，那心腹丫鬟的行蹤大家都只能靠猜的了，但是八九不離十，那丫鬟不辱使命，用自己的一條命換來大梁朝最年輕的將才。

皇帝聽到下面人彙報，狠狠地拍了一下桌子。「我當他們是好的，結果狼心狗肺，連自己的外孫都不敢收留。」

黎子亭的夫人姓秦，秦家倒是因為皇帝的厚待，家裡幾個子弟都在朝廷上領了職位，雖說不高，但是從未捲入爭權奪勢的漩渦中，日子過得很滋潤。

這雖然算是秘辛，但是對朝廷影響不大。

淑貴妃將這件事聽了個徹底，任她經歷後宮多年的風霜，都不由得感嘆石磊真是一個有福之人。這世間之事，真真奇妙。

經此調查，石磊會成為皇帝心中的重要子姪之一，而他的福氣也會讓皇帝覺得他是有福之人，心中更加親近。

石磊在朝上官員異樣的眼光中將父母帶回家。

雖然石家父母幹出這樁事讓朝廷都對石磊側目，但是石磊並沒有責怪父母。父母能在三皇子的逼迫下，毅然在朝廷裡說出自己不是他們親生的話，已經是他們能想到對自己最大的保護了。

石父進了府，有些不安地說：「磊兒，我們是不是給你添麻煩了？」

他從抱回石磊就覺得這個兒子與眾不同，以後是要有大出息的，卻不料他的出息這麼大，他說出了石磊不是親生兒子的事實，覺得這個兒子離他越來越遠了。

石母坐在一邊癟著嘴盯著石磊看，越看越覺得這個兒子官威大，果然不是她與石父的兒子。

「你們不用擔心，我會找機會與皇上解釋清楚的，相信皇上能理解爹、娘一片拳拳愛兒之心。」

石磊倒沒有將父母的話放在心上。

石父石母雖然身分不高，見識不多。但是從小到大對他是什麼樣，他還是清楚的。若他們不是親子，石母當初怎麼會想將呆妞賣了？

石父見石磊並沒有把自己在朝堂上說的話當真，不由得有點急，他結結巴巴地又重複了一次。

「你真不是我們的親生兒子。我在朝堂上所說，全是真的。」

「什麼？」石磊一雙眼變得深沈起來。

石父又將二十年前的事詳細地對石磊說了一遍，說完之後，他哽咽起來。「你不要怪我，我和你娘辛辛苦苦一輩子，卻沒有生出個兒子，若是當時我帶著你去尋你的親生父母，你也許現在功名更大。是我和你娘的私心誤了你啊。」

石母在旁邊抽泣著。

「你這個老頭子，怎麼不早點說。」

早點說又如何？她已經將石磊當親生兒子養了這麼多年，當然不捨得將他讓出去。

石父老實了一輩子，讓他編一個完整的謊言是不大可能的，而且這番話說得有理有據，這說明，石磊真的不是他們的兒子。

石磊當時參軍有很大一部分是為了父母與妹妹不餓肚子、不受人欺負，如今被父母如此一說，顯得有些呆愣。他看著父母如喪考妣的臉，連忙反應過來。

「無論當年發生了什麼事，爹娘永遠是我的爹娘。」石磊堅定地說。

他的親生父母給了他性命，但是養大他的卻是石父石母，他斷然不可能為了那杳無音信的親生父母而疏遠了他們。

石母聽見石磊如此說了，偷偷地抹了抹眼淚。

「三皇子居然跑去老家，老家看來也不能待了，爹娘你們還是搬回來吧，若是以後誰再給你們臉色看、為難你們，直接嗆回去就是了。」石磊淡淡地說，他建功立業可不是為了給重要的人添麻煩的。

石父還想說些什麼，卻被石磊的話堵住——「爹以後莫再提什麼我不是你們親生的話了，我是你們親生的，永遠都是，呆妞也永遠是我的親妹妹。」

石母聽到這話，嗚嗚地哭起來，果然她沒有帶錯，這個兒子永遠是她的。

皇帝調查清楚了石磊的身世，卻不知道如何與石磊說，難道說你親爹是朕的拜把兄弟，為了朕把全族都滅了。你運氣好，撿回一條命。

淑貴妃見皇帝為了此事轉來轉去，覺得有些好笑，她用帕子捂著嘴說：「皇上這可算得上是近親情怯了，要不然先讓沈毅去敲敲邊鼓？」

對了，沈毅，若不是他不貪功勞，將石磊推了出來，那石磊豈不是一輩子都要當那守城門的小將了？皇帝想到此就心驚，不由得讚道：「沈毅是個心胸開闊的，此事，朕真要麻煩他了。」

皇帝召沈毅進了宮，與沈毅將此事說了。

沈毅驚得張大了嘴，皇帝見沈毅如此模樣十分滿意。

「朕當時和你的反應一樣，可見子亭在冥冥之中看著我們呢。」

沈毅與黎子亭倒是有過一段交情，他記起黎子亭當時的種種，又想起他滅全族的下場，不免唏噓。

「原來石小將軍是子亭的後代，難怪微臣對他感到十分親近。」

皇帝心有所感地點點頭。

「是朕對不起子亭啊，幸而他有了血脈，那肅國公的位置總算有人繼承了。」

沈毅本來就欣賞石磊，當然贊同皇帝的決策。

「如此這樣，子亭在地下也安心了。」

第六十三章

皇帝正在調查石家父母，並想著該怎麼告訴石磊這件事，他的兒子卻想著如何報復石家父母。

三皇子上次將石家父母帶上了朝廷，讓石家父母說出那麼一番話，被皇帝狠狠地訓斥了一番。

一個堂堂的皇子，居然被一對農家老夫妻耍了，簡直是荒謬。他不想與石磊對上，而是選了石磊不在的日子，帶著侍衛闖進了石家大門。

石磊自從上次父親被三皇子「請」到朝堂上以後，便留了心，從楚城調了一支衛隊過來，將其安置在家裡暫住。

老黃頭因為年紀大了，石磊便讓他退伍，在石家住下來。無功不受祿，老黃頭不願意白吃白住，便靠著這一把力氣為石磊看家護院。

三皇子一進門，便被老黃頭擋住了。

「喲，這位是誰？怎麼不請自來了？」

老黃頭眼睛尖，看這位公子衣著不凡，莫非是三皇子？但是他來勢洶洶的，絕非善類，他也不想給他好果子吃。

三皇子帶著侍衛來石家，本想對石家父母呵斥威嚇一番，卻不料一闖門便被刁難。

「瞎了你的狗眼，認不出我是誰？」三皇子趾高氣揚道。

「瞎了你的狗眼，不知道這是石府？」老黃頭一向看不慣這些趾高氣揚的貴公子，不知者無罪，他就算嘲諷了三皇子又如何？

三皇子這輩子還沒有這麼被人奚落過，氣得對身邊的侍衛說：「抓住這個老無賴！」

三皇子身邊的侍衛正要行動，卻被人攔了下來，攔的不是別人，而是石磊從楚城調來的人，他們並沒見過三皇子，可是誰的面子都不賣的。

一時之間，劍拔弩張，稍不留神就能打起來。

這時，石家父母出來了，三皇子看見他們也忘了抓老黃頭，冷笑著說：「朝中大臣都誇讚你們呢，為了兒子寧願說兒子不是親生的。」

石父看見三皇子還是有些怕，被三皇子奚落得抬不起頭來。

石母看見三皇子，雙眼一轉，暗罵老頭子沒用，兒子都說了，不要怕得罪任何人，那還怕啥？

「三皇子，求您饒了我們吧。」石母一把拉著石父跪下。「就算石磊不是我們的親生兒子，我們也不能如您的願去冤枉他啊！」

三皇子進來的時候並沒有關上石家大門，石母這一聲淒厲的吶喊，吸引了不少路人注意，大家紛紛走到石家門口，對著三皇子指指點點。

石母見來的人多了，就更有勁了。「當初我們不答應與九皇子的表妹結親，是因為九皇子的表妹是金枝玉葉，我們家石磊配不上啊！」

三皇子一臉倉皇，他見過後宮各種明爭暗鬥，可是沒見過像石母這樣張眼就哭、張口就來的呀。

三皇子為九皇子的表妹出氣而針對石家？難道三皇子對那表妹有意已久？要不然他幫人家出氣幹啥？

眾人站在門口議論紛紛，三皇子的臉白一陣紅一陣的，愣了好一會兒才大吼了一句——「放肆！」

石母聽見這話，哭得更大聲了。「三皇子饒命！三皇子饒命啊！請三皇子不要和我們這等草民計較了，就當我們是路邊的小草吧！」

石母見眾人看著自己的眼光中包含同情，知道火候已到，便啊的一聲暈倒了。眾人看著三皇子的目光已滿是責怪了。

三皇子原本只想撂幾句狠話走人，卻不料弄得下不了臺，一時之間，進也不是、退也不是，他以皇子身分橫行霸道多年，今天終於踢到鐵板，還是一名農婦的。

「三哥？」就在此時，一位爽朗的少年走了進來，他眉眼彎彎，讓人心生好感。

三皇子回頭一看，居然是十一皇子，雖然十一皇子一臉無害，但是他總將十一皇子當作是假想敵，誰叫十一皇子的母妃最有背景呢？如今被十一皇子看見他丟臉的模樣，一想就十分惱怒。

十一皇子繞過三皇子，將石父石母扶了起來，笑著說：「石小將軍是朝廷棟梁，哪裡有讓他父母跪人的道理。」他聽淑貴妃說了黎子亭的事，知道皇上不日便要封賞石磊，如今經過石府，見三皇子在石府撒野，總要幫上一幫的。

「我只是路過石小將軍府，想微服探一探而已。」三皇子的解釋顯得有些無力，但是好歹給了自己一個臺階下。

石母是個會看臉色的，三皇子都找臺階下了，她難道還要得罪三皇子，她兒子還要在朝上待哪。

「是民婦見識不夠，以為三皇子是為了朝上的事情呢，三皇子一帶了侍衛，民婦就嚇得兩腿發抖，失了分寸。」

狗屁！三皇子在心中罵了一句粗話，表面上還是溫文地說：「是我唐突了。」

皇帝不知道兒子大鬧石家，只召了石磊進宮，想要將來龍去脈與他講一次。

皇帝還沒開口，石磊便跪下。「微臣的父母殿前失儀，還請皇上恕罪。」

「朕不怪他們。」皇帝的語氣很是和藹。「若不是他們，朕還找不回故交的兒子呢。」

什麼？石磊心中一愣，以為自己聽錯了，不由得看了看皇帝，皇帝也正打量著他。

「皇上的意思……微臣不懂。」石磊小心翼翼地說道。

皇帝長嘆一聲，接著全說了，他先是回憶了與黎子亭的兄弟情，再說到黎子亭受他牽連全族遭滅，說到動情處，不由得擦了擦眼睛。

石磊聽皇帝如此說，倒沒有感同身受，他一直覺得自己就是石家父母的親生子，所求之事不過是讓石家安康而已。

石磊渾渾噩噩，所有認知就這樣被顛覆。「請皇上明察，若我不是黎大人的兒子呢？」

「我已經查得清清楚楚了，不可能不是，你的外貌與天分，像極了你父親呢。」皇帝將石磊扶起，語重心長道。

若是石磊立刻歡天喜地地叩謝皇恩，還會讓皇帝懷疑他的秉性。可是石磊一臉不可置信，果然這是個好孩子。

「好了，我知道讓你一次接受有些難，你且回去消化幾天，有什麼想問的，問你石家父母便是，過幾天，我會在朝上宣布你的真實身分。」皇帝拍了拍石磊的肩。

石磊走出宮殿，有些頭暈，他在大街小巷轉了許久，不知不覺地轉到了沈府前。

沈府的門房看見是石磊，十分熱情地說：「石小將軍，今日來找大人？大人正好在府裡呢。」

門房如此熱情地招呼了，石磊倒不好不進去。

當僕人將石磊引到沈毅書房時，沈毅正在畫畫。他抬頭看著石磊。「來了？」

自從皇帝將石磊的身世告訴他以後，沈毅一直等著石磊上門呢。

石磊見沈毅什麼都知道的模樣，索性直言道：「今日皇上找我，跟我說了一番舊事呢。」

「子亭忠君愛國，求仁得仁，若知道世上還有他的血脈在，在泉下也能瞑目了。」沈毅對著畫，淡淡地說。

石磊卻還有些不敢置信。

「我怎麼可能是他的兒子？」

「子亭與皇上為莫逆之交，而皇上的敵人認為要滅了皇上，必須先砍掉皇上的翅膀，所以才對黎家動了手。」沈毅明白讓石磊馬上相信他是黎子亭的兒子不大可能，只為他說起過去的往事。「子亭慷慨赴義，還說最對不起的就是剛出生的兒子光達，讓他還未懂事就要夭折在襁褓間，卻不料他的兒子還活著。」

石磊聽到沈毅也是同樣的說詞，心裡狐疑道——難道我真是黎子亭的兒子？

今日發生的事太多，他需要回去好好消化一番，石磊對沈毅長作了一個揖。「謝謝大人提點。」

沈毅笑著說：「我與子亭當年也算至交，看到他的血脈尚在人間，還如此有出息，我心裡是暢快的。」

石磊心煩意亂地從沈毅的書房中出來，站在庭院盯著沈芳菲的院子許久，卻聽見後面有遲疑的女聲叫道：「石大哥？」

石磊回頭，詫異地發現身後的女子不是別人，正是沈芳菲。她烏黑的長髮只是隨意地綰了一個髻，穿著白色紗衣，顯得腰身纖細。

沈芳菲身後的丫鬟手上拿著幾本書，顯然是在沈毅的書房取了書，正要去還的。

沈芳菲不料在這裡遇見了石磊，她偷偷看了一眼陽光下無比英挺的少年。

「石小將軍可是來找我父親借書？」沈毅的兵書之齊全可是全朝聞名的，有不少武將都會跑來找沈毅借書。

「是啊。」石磊不想讓沈芳菲知道他的煩惱，不由得順了她的話說道。

沈芳菲多日不見石磊，顯得有些開心。「石大哥可還記得你送我的那隻小兔子？牠現在過得可好呢。」

石磊當然記得，他在草叢中捉到牠的時候，覺得牠白玉如雪，沈芳菲一定會喜歡。「我記得，為了捉牠，我還費了一番力氣呢。」

「來，跟我去看看牠。」沈芳菲揮了揮手道。

石磊猶豫了半晌，便跟著沈芳菲走入小院子，這院不大，青草蔥蔥，沈芳菲尋了半天，才將一白色的物體吃力地抱了起來。

石磊定睛一看，不由得笑了起來，當時那隻小白兔已經變了樣，似乎被照看得太好，所以體型如充氣一般，擴大了一倍。

石磊見沈芳菲抱著這隻兔子有些吃力，便將兔子接了過來，那小兔子似乎知道自己換了人抱，掙扎不已。
沈芳菲見自己帶大的小兔子掙扎，便連忙走近摸了摸兔子的頭，安撫起牠來。石磊看著沈芳菲低下頭，那纖細的脖子、少女的馨香，都讓他的心怦怦地跳。
「其實我不是來借書的。今日大家都告訴我，我另有生父。」石磊不想對沈芳菲有隱瞞，便將這事說了出來。
「另有生父？」沈芳菲聽了這話，連兔子都來不及安撫，只驚訝地重複了石磊的話。
「不過我生父全家都已去世，我倒不知道我是天煞孤星。」石磊從沒為此事在他人面前顯出任何沮喪，此時卻在沈芳菲面前透露了一絲絲出來。
沈芳菲不大喜歡看到石磊這副模樣，想了想，認真地說：「我不覺得你是，你救過我，又守過楚城，說起來，你是已經去世的父親的希望。」
石磊聞言，深深地看了看她，又將兔子微微舉高了一些。「牠是胖了不少。」
「是吧，是吧。」沈芳菲逗弄小兔子的耳朵，惹得小兔子身體扭了扭。
沈芳菲與石磊的互動躲不過沈家人的眼睛，沈夫人很快便知道了這事，她心中有些不安，難道小女兒看上了石磊？石磊是黎子亭的兒子，皇帝自然要大肆封賞的，但是他經歷坎坷，會不會對小女兒真心好呢？
夜了，沈夫人趁沈毅忙完，提了此事。
「咦？妳不是看上了那個林正嗎？怎麼如今又跟我提起石磊來？」沈毅見夫人猶豫，不由得笑道。

「還不是你那個小女兒，每次看到石磊都巴巴地上去了，要不我才不管這回事！」沈夫人為之氣結。

「不用著急，且慢慢看著吧。」沈毅淡淡說道，他沈家的女兒不愁嫁，最重要的是，對她好不好。

第六十四章

隔沒多久，皇帝下了兩條旨意讓全朝震動。

第一條——石磊是黎子亭的親生兒子黎光達，特沿襲父親的爵位，為肅國公。

第二條——三皇子年紀長，也該有封地了，皇帝給了他一塊叫北野的封地，讓他三個月內，擇日啟程。

賢妃聽到第二條旨意，直接暈了過去，封了地就代表與大位無緣了，再加上北野那塊地荒蕪貧脊，皇帝此舉，像是惱怒了三皇子。

石磊接了聖旨，面對朝上各異的眼光，他選擇了沈默。

皇帝想到將有許多人將石磊當作是乘龍快婿，又補了一句。「肅國公的婚事由朕作主，你們就別想了。」

黎家的大宅皇帝從來都沒有賞給別人，如今石磊身為黎家唯一血脈，自然要繼承這座宅子。石磊跟著皇上派的人去看了那大宅子，當年的血雨腥風已經不見蹤影，只剩下百年老樹鬱鬱蔥蔥，見證著一個家族的榮衰。

石磊雖然在這個家族出生，但是毫無印象，他感激親生父親給他如此天賦、骨血，但也不是忘恩負義之人。他派人接了石父、石母進了肅國公府，表明待他們還是若親生父母，石家父母忐忑地受了，但是也不會去管石磊的事，在肅國公府裡開闢了一個小菜園，日子倒過得愜意恬淡。

「真是個蠢貨！」

九皇子聽見三皇子的所作所為之後，摔了一套茶具，原本他想躲在哥哥身後發展壯大自己的勢力，不料這個哥哥居然自己作死了。

朝廷大臣們不由得將眼光放到九皇子與十一皇子身上，說起來，這兩個皇子一個比一個低調。

九皇子雖然接了不少差事，但不喜搶功，讓眾大臣對他很是讚賞，只不過三皇子一事揭露九皇子挺喜歡給人家塞表妹的，而且一塞便是重臣家，這心思真是……一時之間，家裡有九皇子表妹的臣子們都夾著尾巴做人，他們是與九皇子眉來眼去了一陣子，但是不代表他們想將賭注都押在九皇子身上。

十一皇子剛剛入朝，倒還沒顯現出理事天分，但他的背景可是十分穩妥的。

眾大臣這樣一看，十一皇子繼承大位反而理所應當了，畢竟人家還有一個姊姊在羌族鎮著呢。

九皇子想到那些平時和他交好的大臣開始稱讚起十一皇子的好來，雖然面不改色，但是雙手握成一團。

他總有一天要讓這個身分高貴的弟弟給自己低下頭！

九皇子正對十一皇子咬牙切齒，一個轟動的消息又傳到了京城——狼族又立起了戰旗，開始騷擾幽州百姓了！

皇帝聽聞後勃然大怒，立刻指了沈毅、沈于鋒速速啟程，鎮壓狼族。

雖然上次石磊守住了楚城，但是皇帝沒想再讓石磊上戰場，一是石磊是黎子亭的兒子，戰場上刀槍無眼，若是石磊有什麼差錯，皇帝無顏去見地下的好友；二是他認為沈毅對狼族經驗豐富，而上次沈毅不敢居功的態度也讓他很放心。

沈毅接到聖旨的時候，毅然決然回家準備行囊。沈夫人雖然知道邊防重要，也不由得唸兩句。

「不是說要公事放一邊，多過過自己的日子嗎？」

沈毅轉過身嚴肅道：「如今大梁朝將門青黃不接，我食君之祿，自然要忠君之憂。」說完，又對沈夫人說：「等鋒兒能獨當一面了，我定陪妳遊遍大好江山。」

沈夫人聽到這句話，紅了臉。

「誰要和你同遊啊。」

沈毅笑了笑。「若是府裡有什麼不測，去找我們的姻親與石磊，他們是靠得住的。」

「你在說什麼哪！」沈夫人聽了這話分外不滿。「你和鋒兒一定會平安歸來的。」

沈毅笑著點了點頭，狼族此次來者不善，怕是有一場硬仗要打啊。

夜裡，幾個奇裝異服的人潛進了九皇子府裡，與九皇子密談一夜，若是有人看見了，定會驚呼——狼族人來了！

九皇子與這些人密談之後，臉色蒼白，坐在小廳裡良久，一雙眼睛盯著那不動的老棋盤——如果答應了狼族的要求可謂叛國大罪，但是如果除掉了沈家，就等於除掉了十一皇子重要的臂膀！

九皇子又想到幾次欲娶沈家女都被沈家敷衍過去，心中十分不悅——你們以為攀上十一弟就能有個好前程？那也要看有沒有命享了！九皇子一念定了，便吩咐心腹幾句，要心腹與那邊傳了話，一場局就這樣開始了。

在沈于鋒的屋裡，榮蘭正在為他整理行囊，沈于鋒上過戰場，但是從未與狼族正面對決過，內心十分激動。

「父親說，要將沈家的擔子交給我呢。」

送丈夫上戰場，榮蘭心中十分酸澀，可是她嫁到了武將家，武將離別多，這是常事。她撫了撫丈夫的臉。

「沙場上刀劍無眼，你要保重自己。」

沈于鋒點點頭。「我定會注意的。」

沈芳菲雖然不願父兄再對上狼族，但是皇帝的命令誰敢違抗？她只能去廟裡求了護身符拿給父兄。

過不了多久，沈毅帶著兒子上了戰場，將狼族打得抱頭鼠竄，捷報連連，讓皇帝都笑彎了眼。

「這狼族，也不足為懼。」

沈家父子在前線為朝廷賣命，皇帝肯定有所表示，一時之間對沈家的封賞如流水一般，連沈家的門房出去了，都臉上有光。

沈夫人倒不顧其他女眷的奉承，日日在小佛堂裡祈福，她對沈芳菲說：「都看到我們受皇上的愛重，卻不知道我的夫君、兒子在沙場上搏命呢。」

沈芳菲不說話，點燃了一炷香，她自重生以來，對於鬼神之事格外信服，也跟著跪下磕了三個頭。

就在捷報連連的時刻，突然有一個消息傳到了京中，讓皇帝變了神色——在一場埋伏戰中，沈家父子雙雙失蹤！戰情急轉直下，軍不可一日無將，皇帝連忙派了其他大將去鎮守。

卻不料，這位大將去了，遣回了密報給皇帝——狼族說，沈家父子被他們俘虜，且投降了。

皇帝氣得直跳腳，回信道——朕不信，你一定要找到沈家父子，生要見人，死要見屍！

此事本不宜外傳，可是有著九皇子與狼族內奸煽風點火，這事如燎原般傳出去了。沈家其他幾房站在朝堂上，都能感受到其他臣子打量的眼神。

將軍失敗投降，可是要株連九族的，皇帝雖然沒有查清，但是大家也不願意在這個時候再去惹沈府這灘髒水。一時之間，沈府的門庭若市變得門可羅雀起來。

沈夫人聽見沈家父子雙雙失蹤的消息，已經挺不住了，再聽外面傳說沈家父子投降，更是暈了過去。

此時，榮蘭傳出懷孕的消息，她卻因為聽見沈于鋒失蹤又投降，又見了紅。

沈老太太在沈夫人、榮蘭雙雙臥床時出來主持大局，卻因為年紀太大體力不濟，這時候，還真只有沈芳菲盯著。

沈家在風雨飄搖中，人人自危，生怕一不小心，誅滅全族的旨意便下來了。

二房夫人與三房夫人覺得沈家大房此時一定亂糟糟的，便攜手去探，卻不料各丫鬟、僕從們行事如常，並沒有失措。

「小姐昨天叫人在院子裡給散布謠言的人打了三十板子呢。」引路的婆子拿了三夫人的銀錢，悄悄地對兩位夫人說。

大房夫人倒了、媳婦懷孕著，可是沈家還有一個尚未出嫁的好女兒。三房夫人在心中如此感嘆道。此次沈家格外凶險，如何擺脫還只能看天命了。

沈芳菲正坐在大堂上看著下人送上來的帳本，見二嬸、三嬸到了，笑著說：「最近我母親急病，嫂子又懷孕，還辛苦兩位嬸嬸了。」

「辛苦什麼呢。」三房夫人一向嘴快。「咱們都是一根繩上的，若是大伯與姪子不好了，還有我們的好果子吃？」

沈芳菲聽到此，嘆了一口氣。

「不知道父親與哥哥怎麼樣了。」

「朝廷有老太爺頂著呢，咱們家姻親也幫襯著。」沈二太太如此說道。

不過日子久了，若沈毅與沈于鋒再沒有出現，謠言又肆虐，沈家也不一定討得到好的。

上一世，沈家也是被栽贓通敵叛國，進而被九皇子斬草除根；可今世，九皇子還沒登上皇位，沈家就已經被安上了這樣的罪名，那麼，還有得反擊！

沈芳菲一邊安慰自己，一邊對兩位嬸嬸說：「我父兄吉人自有天相，一定會平安歸來的，再過幾日，我便求了祖父分家。」

「菲兒妳怎麼能這麼說！我們好歹都是沈家的人，在這時候應該齊心協力才對。」三房夫人脫口而出。

「正是危機時刻，才應該保存沈家的其他幾房。」沈芳菲沈聲道。

二房夫人覺得面上有些熱——她和三房攜手前來，除了來看看大房的情形，也有點起了分家的小心思，如今這點心思被姪女提了出來，卻覺得十分內疚。沈毅、沈夫人對弟弟與弟媳婦一向是極好的，如今有了大難，他們就要分家，這真是對不起兄嫂。

二房夫人、三房夫人順水推舟，答應了沈芳菲的說法，並許諾在朝堂上一定會幫著沈毅洗刷罪名。

待兩位夫人出門以後，荷歡有些不屑道：「在我們大房好的時候，天天來占便宜，出了一點事，跑得比誰都快。」

「荷歡！」沈芳菲厲聲制止了荷歡的妄語。「妳要記住，我們是為了保全沈家才分家的。」

畢竟前世九皇子除了出嫁女之外，一個沈家人都沒放過，就算如今分了家，沒有洗脫沈家的罪名，那麼一切都是白搭。

夜裡，沈老太爺砸了幾個最喜歡的墨硯。「孽畜！我怎麼養出了這樣的孽畜，老大出了事就要分家？他們還是一個娘胎裡爬出來的啊！」

老太爺房裡的人都不敢吭聲，誰知道這三老爺這麼大的膽子，跑到老太爺房裡大言不慚地說要分家。

沈毅好的時候，可見他們如此涼薄了？此一時彼一時而已。

沈芳菲帶著侍女走進沈老太爺的書房，見沈老太爺書桌下還有墨水印子，笑著說：「是誰惹到祖父了？」

沈老太爺怒道：「還不是妳那個好三叔！」

他這嫡出的三個兒子，除了老大，一個平庸、一個無能，原以為老大能護他們一輩子，卻不料老大還沒被定罪呢，他們便一個一個要分家。

「祖父，分家吧。」沈芳菲對沈老太爺說。「父兄失蹤得太過蹊蹺，祖父不曾想過是有人設局陷害沈家嗎？那麼大隊的兵馬，明明父兄投降狼族的事只在皇上的密報裡出現，怎麼會散播得滿京城皆知？是有人針對沈家，想置沈家於死地呀！」

第六十五章

沈芳菲這一席話，讓沈老太爺對她刮目相看，可是沈老太爺就是想不通，這麼大的手筆，是誰暗中出手針對沈家？

「九皇子，一定是九皇子。」

前世是九皇子親手埋葬了沈家，今生必然也是，沈芳菲雖然沒有證據，但是直覺告訴她，只有九皇子才會如此。

「九皇子？」

九皇子一向低調溫和，沈老太爺倒沒往他身上想，可是細細想來，沈家與北定王府聯姻，等於是十一皇子的助力，若九皇子要除掉十一皇子的話，那麼沈家便是一塊擋路石了。九皇子的心思真深！沈老太爺雖然心中有了主意，但沒有一口咬定是九皇子，他問沈芳菲——「妳怎麼知道是九皇子？」

沈芳菲轉了轉眼睛。

「咱們家拒絕九皇子的兩次結親——一次是姊姊，一次是我，九皇子心中必然是有怨恨的。」

沈老太爺點點頭。「從微末處推測出更多，妳是個聰明的。」說完，一個人細細地沈思起來。

沈芳菲吩咐侍女將補湯放在沈老太爺的書桌上，轉身離開。

幾日後，沈家老太爺作出了一個轟動京城的決定——分家。

沈夫人就在病中，沈芳菲不欲讓她聽見這些糟心事，分家這件事塵埃落定後，反而沈夫人是最後知道的。沈夫人聽到此消息以後，急忙將沈芳菲叫過來。

「如此大的事，怎麼不告訴我？」

沈芳菲看著母親一臉焦急，溫柔地幫她攏攏髮絲。

「這是祖父決定的，女兒怕母親傷心，所以沒有再提。」

「是我太沒有用，惹得妳小小一個姑娘家就要擔起家中的擔子。」沈夫人本是爽朗的性子，自丈夫、兒子失蹤以後，便有些自憐自哀起來。

沈芳菲笑了笑。

「母親安心養病，父兄一定會平安回來的。」

沈夫人聽到小女兒如此說，又要滴下淚來，最終好歹忍住了，苦笑著說：「等妳父兄回來，我一定讓他們哪兒都別去了。」

沈芳菲深有同感。

「非得帶他們去廟裡去去煞才好。」

兩人聊了一會兒，並沒有提及若是沈家父子真的回不來了怎麼辦？她們堅信，沈家父子一定能回來。

不一會兒，荷歡走了進來，輕輕在沈芳菲耳邊說了幾句，沈芳菲站了起來，面色和緩地對沈夫人說：「母親先歇著，三姊姊來了，正在外面等著我呢。」

沈夫人聽見是沈芳霞，面色好了一些。

「好歹妳三姊姊是個有情有義的，妳們好好聊聊吧。」

以前，她老覺得這個女兒還小，可是如今她病倒，榮蘭又有孕，能一肩扛起大房的，居然就只是這個小女兒了。

而小女兒今日的表現，已經可以成為一個當家主母了……可是，若丈夫與兒子回不來，小女兒如何成為主母呢？思及此，沈夫人一臉憂愁。

沈芳菲倒是沒注意到沈夫人的異色，她走出房門，輕快的面色瞬間變得凝重起來。

「南海郡王妃上門來接嫂子了？」

「是，郡王妃說要見夫人呢。」荷歡急急地說。

南海郡王如此焦急地想要把女兒接回去，莫非是父兄的事不好了？沈芳菲手心直冒冷汗，幾欲倒下。

「不行，我不能倒下，我不能讓上一世重來一番！」

沈芳菲咬緊舌尖，那直至心底的疼讓她保持了清醒，這時候若她不振作起來，那還有誰能挺起沈家大房？

荷歡見小姐搖晃了幾下，正欲去扶，卻不料又站直了，那削瘦的背影似乎凝聚了巨大的勇氣。她那一顆紛亂的心，似乎被平息了——有小姐在，怕什麼？

沈芳菲換了張笑臉，來到大堂，對南海郡王妃福了福身。

「伯母好久不見。」

南海郡王妃連忙扶起沈芳菲。

「姪女不必多禮，看看妳都瘦了。」

「是嗎？」沈芳菲笑盈盈摸了摸尖了不少的下巴。「前一陣子嫂子還笑我豐腴了不少，最近可瘦下來了。」

南海郡王妃、沈芳菲兩人一老一小打著機鋒，南海郡王妃覺得沈芳菲其聰慧不下沈芳怡，可惜……唉。

「請菲兒帶我去見見我那可憐的女兒吧。」南海郡王妃並沒有當著沈芳菲的面說要接女兒回府。

母親要探望女兒，這樣的要求天經地義，沈芳菲當然不會拒絕。

她帶著南海郡王妃到了榮蘭屋子裡，南海郡王妃進了屋子，首先打量了一番，她見屋裡窗明几淨，散發著一股藥香，眾僕人伺候得盡心盡力，女兒雖然面色有些憔悴，但也好好地在床上躺著。

榮蘭見到南海郡王妃，面色有些激動，沈芳菲知趣地說：「嫂子最近心事重，還請伯母與嫂子聊聊吧。」

南海郡王妃感激地看了沈芳菲一眼，若是她老在這兒站著，有很多事，她還真不便與女兒說。

沈芳菲帶著荷歡退了出去。

「小姐，少奶奶會和郡王妃回去嗎？」荷歡有些焦急地問道，若是連榮蘭都被接回去了，那麼沈府的人心便更散了。

「不知道。」

沈芳菲也不知道榮蘭會不會走，畢竟這一步稍行不測，可是掉了命的大事。就算出了事，南海郡王府接回榮蘭，聖上總會給南海郡王一點面子。

「萬一……」荷歡有些遲疑。

「萬一嫂子回去的話，我也不怨懟。」

沈芳菲如此說道，她前世看盡了沈家的慘狀，榮蘭與她此生至交一場，她也不願她落到那個地步。就算榮蘭不走，若沈家真的快敗了，她也會將榮蘭送回去，好歹給沈家留下一點骨血。

南海郡王妃見沈芳菲離去了，連忙握住女兒的手。

「還好嗎？」

榮蘭反握著南海郡王妃的手，卻不叫苦，只說：「我還好。」

「哪裡好？」南海郡王妃看見女兒孱弱的模樣，不禁鼻酸，她從小捧在掌心的女兒哪裡吃過這樣的苦喲，她千挑萬選，卻不料這個女婿出了這樣的事。

「妳看妳都瘦了。」

「我是孕吐，吃不下東西呢。」榮蘭微笑解釋道。

「跟我回去吧。」南海郡王妃本來就存了這樣的念頭，看到女兒的模樣更是痛下決心要接女兒回府。

「我不走。」榮蘭毅然地搖了搖頭。「我要等沈郎回來。」

「妳這個死丫頭怎麼這麼倔強呢？現在親家母病了，怎麼可能有時間精力照顧妳？妳回娘家也是應該的。」

「沈郎自娶了我後，並無二抱，就連婆婆、菲兒也對我極好。若是我這時候離開沈府，也太忘恩負義了。」榮蘭嚴肅地說完，又用央求的口氣說：「我願意的，母親，我願意的，就算死，我也要等沈郎回來。」

南海郡王妃被這個「死」字說得心驚肉跳，趕緊捂住了榮蘭的嘴。「別說這個，妳知道我聽不得的。」

榮蘭心意已決，南海郡王妃費盡了口舌都不能讓她改變主意，只能嘆氣回府。

沈芳菲見南海郡王妃離開時，並沒有向自己提要接走榮蘭，心中鬆了一口氣，看來榮蘭是願意與沈家一起走過這場大難了，單憑這場情誼，她與哥哥，必不負她！

「小姐，大小姐回來了！」送走南海郡王妃後，荷歡回到廳裡，驚喜地對沈芳菲說。

「姊姊來了？」沈芳菲站了起來。「快請姊姊進來！」

沈芳怡快步走進門。

「我剛去探了母親，跟她說很快便能找到父親和弟弟了，也好安安她的心。」

沈芳菲點了點頭，發生事情的這幾天，沈芳怡一直沒有回沈家，只遞過幾次消息，但是她知道，姊姊一定會護著沈家的！

「妳姊夫已經暗中派了幾對人馬去幽州尋父親和弟弟了，相信不日便能傳來消息。」沈芳怡喝了一口茶。

「我們冷眼瞧著，恐怕是那位搞的鬼。」

沈芳怡在沈芳菲的手心裡寫了一個「九」字。

果然是他！沈芳菲捏緊了手心。

「說來也是我的錯。」沈芳怡嘆了口氣。「若不是我嫁給北定王府，那位不會認為沈家是十一皇子的後盾，想辦法除掉沈家。」

「那又如何？」沈芳菲挑了挑眉。「我們幸虧站在了十一皇子身後，要是我們站在了那位身後，等他繼位了，還會有我們的好果子吃？」

沈芳怡沈思了片刻，鄙視地笑了笑。

「目前那位身後的勢力在慫恿皇上快速處置沈家立威，而我們也在為沈家爭取時間，就連南海郡王這樣不理朝事的，都會因為女兒為沈家說幾句話，那位是怎麼想到自己會贏？」

正如朝暮之說的，這背水一戰，沈家必須贏！

沈芳菲挽住了沈芳怡的手。「前朝的事還麻煩姊夫多多奔走了，我會守住沈家的。」

就在此時，荷歡又前來說道：「三小姐也來了。」

沈家已分家，沈芳霞還能如此操心大房的事，讓沈芳菲十分驚訝。「快請。」

沈芳霞快步走了進來，她與沈芳怡多時未見，在閨中又經常有口角，這時撞見了還真有些尷尬。

不過，沈芳怡當了北定王世子妃後，心境已經不同，自然不會再與沈芳霞計較，她笑著說：「三妹妹來了。」

沈芳霞對父母分家一事十分羞愧，但是見沈芳怡、沈芳菲對她面色如常，心中才暗暗吁了一口氣。

沈家自出事以來，王侑並沒有對沈芳霞有任何一絲不滿，反而積極為沈家走動，讓她十分感動。

「我家那個雖然官位不顯，但是也幫忙打探了一點消息，他覺得是那位在作怪呢。」沈芳霞在沈芳菲手心裡寫下了九字。

這下全對上了，沈芳菲與沈芳怡對了對眼神。

「文官那邊，沈家相熟的並不多，只能請王大人多多走動了。」

「那是一定的。」

沈芳霞連忙點頭，王侑與不少文官交好，文官們雖然與沈家不熟識，但是同情沈家的人也不少。

三姊妹不管之前有過什麼嫌隙，但是在此時，她們的目標，是一致的。

第六十六章

沈芳菲雖然在人前無堅不摧，但是在夜裡，上一世那些淒涼的場面一遍又一遍地在她腦中浮現，讓她根本合不了眼。

荷歡看到此，心中有些焦急，若是這樣下去，小姐的身子怕是也要垮了。

她又去小廚房弄了一碗安神湯想給沈芳菲補補，卻不料走到一半，被人捂了嘴拉到一邊。

「救命啊。」荷歡還沒喊出口，看到了石磊那張冷淡的臉，便閉了嘴。

「你們小姐最近如何？」石磊小聲問道。

「到這時候了還能好嗎？」荷歡抱怨道。

石磊看了荷歡手中的安神湯，有些擔憂地問道：「她失眠了？我想見見她。」

說起來，若是這時候他能寬慰小姐一二的話……荷歡將安神湯放到了石磊手上。「請在這兒等著。」

荷歡一路匆匆地跑進房裡，在沈芳菲耳邊小聲地說：「小姐，後花園裡有人等著您，是……是肅國公！」

石大哥？沈芳菲心頭一炸，立刻清醒過來，他怎麼來了？一個未婚女子深夜見一個外男，這行事極為不妥，她有些猶豫著。

「小姐，您若是不想去的話，我便跟肅國公回了。」

另一頭，石磊在後花園靜靜等著，他的心有些迫切。

在微弱的月光下，沈芳菲走了過來，她未施脂粉，卻流露出天然的好顏色，一張小臉因為緊張，顯得略微蒼白，她走得有些急，裙襬上已經沾了一些泥。石磊看著她，覺得她像這院中的小茉莉，需要人保護，但是他卻怕自己的粗魯傷了她。

「石大哥，我的父兄……」沈芳菲看到石磊，千般委屈統統湧上心頭，聲音變得哽咽起來。

「妳父兄不會有事的。」

石磊想將沈芳菲眼角的淚擦乾，卻又忍了下來。

「明日我就請皇上派我去幽州探明真相。」

現在幽州是個火坑，還真沒有人想跳進去，若石磊不主動請求，只怕皇帝也不會想將他丟過去。

沈芳菲聽了此話，心中十分猶豫，一方面她覺得石磊是最佳人選，而另一方面，又怕石磊過去了有危險。

石磊看她一臉猶豫，便知道她擔心的是什麼。

「放心，妳父兄會好好地回來的，而我也會好好地回來的，只是妳的生辰禮物要等我回來才能給妳了。」

沈芳菲是冬季最寒冷的時候出生，還不到幾天便要滿十五歲了，只是如今她父兄失蹤，也沒有什麼心情慶祝。

沈芳菲抬頭看了石磊一眼，心中發了狠，幾步走到石磊身後，抱了抱石磊的腰，小聲說了句：「你要早點回來。」

還沒等石磊反應過來，她便頭也不回地提著裙子跑了。

而荷歡看著這幕，有些目瞪口呆，她看了看石磊，只見石磊面上閃過一絲笑容。「告訴妳家小姐，我會早點回來的。」

荷歡點頭稱是。

關於沈家的事，九皇子與十一皇子各成一派，一派認為沈家主帥一定是投降了狼族，必須嚴厲處置沈家；一派認為主帥失蹤必有隱情，不妨等一等，萬一錯怪了英烈，豈不是寒了臣子的心。

十一皇子背後勢大，倒不是一件奇怪的事；但是九皇子卻也拉攏了不少臣子，讓大家覺得原來都小看了九皇子。

皇帝則頭暈得很，最近狼族來襲，沈家父子又失蹤，他日日憂思，身子有些不濟，一上朝又面對這兩個兒子吵來吵去，好不焦躁。

眾人吵來吵去，皇帝最終決定派一個人去調查沈家父子的行蹤，至於是誰去，朝堂上又吵了起來。十一皇子當然想派自己的人去，九皇子也是，可他就算找到了沈家父子，那必定是趕盡殺絕。

正在此時，石磊站了出來。

「光達，你有何想法？」

比起石磊，皇帝更願意叫他黎家的名字，不過石磊不以為意，他跪下來說：「懇請皇上讓我去幽州，查明此事。」

眾人死死地盯著石磊。

皇帝倒覺得石磊是個好人選，他自入朝以來，雖然和沈毅交情不錯，那也是因為沈毅舉薦他，而且他跟九皇子、十一皇子都不大親厚，派他去，皇帝反而放心。

「既然是沈愛卿將你從楚城帶了回來，由你去調查此事也說得過去。」皇帝和顏悅色道。

「那這件事就交給你了。」

「皇上，此事萬萬不可啊。」

有一大臣走了出來。

「怎麼不可了？」

皇帝十分不悅。

「石大人與沈毅素有交情，若石大人偏袒沈毅怎麼辦？」這位大臣一臉憂國憂民，但是並不讓皇帝感動。

皇帝瞇了瞇眼。

「既然你這麼憂國憂民，那就幫我去戶部籌集糧食和軍資吧。」這可不是什麼好差事，做得不好了，烏紗帽都保不住。

眾人聽了，自然不敢再提出異議。

沈芳菲得知了石磊即將啟程的事，有些坐立難安，她找了呆妞說：「我要見妳哥哥一面。」

呆妞愣了愣，又見沈芳菲對哥哥十分關切的模樣，便知道石磊算是守得雲開見月明了。

「小姐不用著急，我馬上安排。」呆妞笑著說。

很快，沈芳菲戴著面紗坐著轎子，從後門進了肅國公府。

無論是今生還是上一世，她都是個大家閨秀，從來沒有做過任何出格的事，可是如今，不論是為了父兄，還是為了石磊，她都不得不出格一回。

石磊早就在門口等著了，沈芳菲從轎子裡走了出來，看見了石磊，不由喃喃地喊了一聲。

「石大哥。」

沈芳菲穿著素白色長錦裙，長裙領口與袖口繡上了粉色桃花。

石磊看著沈芳菲，心想她果然是很喜歡桃花的。

石磊將她從轎子上迎了下來，指著肅國公府中路邊的一些小樹苗說道：「我找人種了桃樹，過幾年便可繁花似錦了。」

沈芳菲當然知道石磊說的話是什麼意思，她心中羞澀，微微低下了頭，有些得寸進尺地要求。

「其實我還喜歡杏花、蘭花，要是有機會，我也想種種看。」

說到杏花，石磊又想起那在楚城冰冷的夜晚，是這少女給了他無盡的溫暖，於是點了點頭。

「妳喜歡的，我會統統派人種上。」

沈芳菲來找石磊，可不是為了看肅國公府上的花，她與石磊並肩走著問道：「石大哥什麼時候出發？」

「明日便啟程，軍情是耽誤不得的。放心，我絕對會將妳父兄帶回來。」石磊嚴肅道。

沈芳菲點了點頭，又問：「石大哥，此去幽城，誰幫你整理行裝？」

石磊聽到這話，倒沒想起別的。

「隨便一個丫頭就幫我整理了。」

這怎麼行？沈芳菲皺了皺眉，她父兄征戰多年，她跟隨母親身邊耳濡目染，知道出門的行裝是很重要的東西，若是沒整理好了，可讓那征戰的人苦不堪言。

「我來幫你整理吧。」

「妳？」石磊打量了沈芳菲一番。「還是算了吧。」

在他心裡，沈芳菲就是一個別人碰不得的瓷娃娃，一定要好好收藏好，怎麼可能讓她做這種事？

「石大哥這是看不起我了？」

沈芳菲插著腰，有些不滿道。也是奇怪，她在別人面前都是很和善的樣子，但是在石磊面前，就有著一些小脾氣。

石磊自然不會掃她的興致，便由著她整理起來。

沈芳菲在整理的時候才發現，石磊雖然貴為肅國公，但是生活仍樸素得很，從衣裳到隨身物品都很隨意。

她一邊整理一邊打算，以後若是有機會，一定要給石磊換些好的。

石磊靠在門欄上，看著沈芳菲忙來忙去，覺得又一次認識了她。

「據說我親生父親對我母親十分寵愛，我母親喜歡櫻花，父親便千辛萬苦運了這麼幾棵櫻花樹來，栽在院子裡，當時黎家的櫻花餅也算是一絕了。」

「我也聽說過黎大人與黎夫人伉儷情深，卻不料黎大人能做到如斯地步。」沈芳菲手上不停，對石磊回道。

石磊點點頭。

「當時知道我親生父母另有其人，我想起他們時並無感情，可是住進了這黎府，聽到昔日舊僕說起生父生母的一點一滴，也是十分懷念的。」

石磊聽著這些過去的事，本來是沒有實感的，但是看著沈芳菲幫他整理行裝，他突然感受到父親想將一名女子捧在手心的心情。

沈芳菲抖了抖衣物，又發現石磊的衣服上破了個洞，她嘆了口氣，拿來針線認真縫補起來。

石磊看著她這副模樣，微微笑著，原來她將一個人放在心上，是這個樣子。

沈芳菲回了家，先是去了沈夫人的屋裡，將石磊承諾一定盡全力找到沈家父子的事告訴母親。

「既然是肅國公去找，我就放心了，老爺對他一向很讚賞呢。」沈夫人聽了此話，果然有了精神。

石磊喜歡自己的小女兒，沈毅倒是與沈夫人暗示過。要是以前，沈夫人是看不上石磊的，可是沈家遭大難，其他人家避之唯恐不及，連林家都不願結親了，只有石磊伸出了援手，因此沈夫人心中對石磊偏袒了不知道多少。

「妳今日去見了肅國公？」

「是的，於情於理，我必須見他一面。」

沈芳菲為了父兄，自然不會怕母親責怪。

「到底是情還是理？」

沈母盯著小女兒的臉看了一會兒，見她有些臉紅地低了頭，只淡淡地說：「以後不要這個樣子了。」

第六十七章

石磊帶著一小部隊出發了，他到了幽州，迅速控制了局勢，但是他見沈毅的親信雖然面上著急，但並沒有大肆尋找沈毅父子，便知道其中有內情。

在一再試探下，石磊才知道，沈家父子發現有人想用陷阱讓他們就範，便將計就計，索性玩起失蹤，要得那些想陷害他們的人團團轉。

在沈芳菲低調的度過了生日之後，幽州傳來大梁軍大獲全勝的消息，消失的沈家父子和部隊突然出現在狼族軍隊後方，與在前的石磊前後夾攻，將狼族來了個甕中捉鱉，還俘虜了狼族的一個小王子。

這場喜報從幽州傳來，皇帝聽了，徹底忘記對沈家父子的懷疑，大聲叫了一個「好」字，狠狠地打了認為沈家一定叛變的朝臣們一個重重的耳光。

沈芳菲聽到此消息後，渾身像被抽了氣一般，軟軟地坐在椅子上。

「小姐、小姐，老爺、少爺回來了。」荷歡十分著急地推了推沈芳菲。

沈芳菲恍然了一會兒，又立即站起來，往沈夫人房裡趕。

沈夫人早就聽說了沈家父子大勝的喜報，病一下就好了，她做的第一件事，便是去小佛堂裡，感謝佛祖保佑。

「母親，我說了，父親與夫君一定會回來的！」榮蘭聽到此消息，喜形於色，撫了撫已經變大的肚子，皺著眉說。「可得叫你父親回來教訓教訓你，在我肚子裡沒個正行。」

沈家人一掃前一陣子的頹喪，走路都變得抬頭挺胸起來。

沈府門口，又變得車水馬龍起來，只是經過了這一次的「大難」，沈夫人變得不大喜歡應酬。沈府的蕭條與繁榮，真正印證了人情冷暖、世態炎涼。

沈毅、沈于鋒、石磊帶著士兵們回了京城，皇帝親自在宮門口迎接沈毅一行人。

沈毅一行人見到皇帝全跪著行禮。「皇上萬歲萬歲萬萬歲。」

皇帝將沈毅引進了大殿，自然要扮演一場君臣相捧的大戲。

「朝中有一些小人說你背叛了朕，朕自然是不信的。」皇帝哈哈大笑。

「臣與犬子帶著精銳部隊正要襲擊狼族時，發現軍中有叛徒，想將我們引誘到狼族的包圍中全部擊滅。臣與犬子發現後，便將部隊隱了下來，等狼族警戒放鬆的時候再伺機行動。」沈毅短短幾句話將消失的緣由解釋得一清二楚，但是聰明人都聽出了其間的不妥與血腥。

大梁軍隊裡居然有靠攏狼族的叛徒？若是沈毅一不小心，被叛徒所害了，那麼這場戰爭的結果會是如何？大家想到此，不由得出了一身冷汗。

皇帝亦如是，他年紀已大，更加喜好懷疑他人，聽見沈毅這麼說，瞪大了眼睛。「什麼？」

沈毅從袖子裡拿出一張紙遞給皇帝。

「這是軍中逆賊的名單，請皇上過目。」

皇帝拿了名單，細細一看，居然還有副將，他們怎麼可能聽命於狼族？除非……

皇帝的雙眼銳利地向底下掃了一眼，沈聲說：「要審，細細地審。」

站在底下的九皇子出了一身冷汗，他告訴自己，越是在這個時候，越不能倒。

「這些人都畏罪自殺了。」沈毅在一旁說道。

九皇子吁了一口氣。

這些人可以畏罪自殺，但是他們的家人不可以。

他們還剛沈浸在大梁朝勝利的喜悅中，卻被一道天雷砸來，說他們家人居然勾結狼族，從此以後，這個家族，便灰飛煙滅了。

京城的一場血雨腥風讓大家都緊緊閉了嘴，這不僅是叛國這麼簡單，能讓這麼高位階的武將勾結狼族，那一定是有天大的好處，若是沈家倒了，那麼得益的人會是誰呢？

眾人的眼光幾經探尋，放到遠在北野的三皇子與在宮中的九皇子身上。而當事者沈家卻出乎意外地沈默。

立下了這麼大的功勞，卻不向皇上要任何封賞，甚至還推出石磊，說：「若不是肅國公及時找到我們，與我們裡應外合，我們也不會如此順利。」

皇帝聽說石磊的功勞十分大，心中還是有幾分高興的。

某日，他將石磊喚到宮裡。

「光達，你想要什麼獎賞呢？」

「臣求皇上賜一段良緣。」石磊沈著應答道。

石磊不要封賞，不要金銀珠寶，居然要皇帝賜婚，讓皇帝覺得十分新鮮也十分親近。若不是石磊將他看作了叔伯，怎麼可能要這樣的賞賜？

「哦？你看上了誰家的女兒？」皇帝和顏悅色道。

「沈家的嫡次女，沈芳菲。」石磊跪道。

「哦？」皇帝聽到是沈家的女兒，反而沈吟了，沈家大勝狼族，在民間的威望已經達到了最高，沈毅的一個兒子、一個女兒的姻親都是最好的。沈家又以武起家，皇帝不能不防。

「沈大司馬已跟臣說了，他與沈老太爺都會退出朝廷，將大梁軍交給年輕人。」石磊恭敬道。下一代年輕人出類拔萃的，也就是沈于鋒與石磊了。

將軍權交給石磊，皇帝還是放心的。

沈家若是要放權，必須得讓石磊成為自己人。娶沈家的女兒，便是其中一種。

但皇帝認為石磊是他的自己人，所以石磊要娶沈家的女兒反而正中皇帝下懷。「沈老大人年紀已大，退出朝廷實屬應當，但是沈毅卻不能，如今年輕一輩都還沒起來呢，不拘讓他帶兵，起碼得帶帶年輕的將領。」

次日，皇帝下了兩道聖旨給沈家，一道賜婚，一道勉勵沈家。

沈夫人心中對石磊滿意，卻不料他求來了皇帝的賜婚。這對女兒來說，是天大的體面。石磊如此重視沈芳菲，讓沈夫人心中大石頭落下了。

沈家女人在後宅看到的只是一樁天作之合的婚事，而沈家男人卻看出了皇帝對沈家的忌憚。若是不忌憚，皇帝至於將沈毅叫過去暗示一番，說讓他將軍權交到石磊手上？

自古只有將軍權傳給兒子的，哪有交給女婿的道理？不過皇帝既然這麼說了，沈毅自然照做。

皇帝原以為沈家會推諉，卻不料竟很爽快地將軍權分了一半給石磊，當下對沈家十分滿意。

沈毅回到家想起這樁事，都不由得流了一背冷汗。

若是沒有石磊將沈家軍權接過一半，皇帝怎麼可能對沈家放心？要知道，皇帝的祖上可就是一名大將軍，最後殺了先皇擁兵自立的。

雖然如此，沈毅手握大權已久，要一下子放出去還是十分不適應的，他嘆了口氣，走進沈夫人的廳堂，見沈夫人正在與小女兒挑選最新的緞子，其面色紅潤，言笑晏晏，不像是小女兒的母親，倒像是小女兒的姊姊，他在門口站了一會兒，罷了罷了，還是多留留時間陪陪這位老妻吧。

石磊的年齡不小了，其上無親生父母，而養父母又不願意管肅國公府裡的事。偌大的府裡沒有一個主事的人，都是靠著幾位管家分管著，再加上沈芳菲是他心上人，肅國公府將沈芳菲快些迎過去的心情十分迫切。

不過，在下聘禮的時候，石磊還真有些囊中羞澀。

他出身貧寒，雖然因為打了幾場仗而升遷得飛快，但是他在戰爭中體諒百姓，從不搜刮不義之財，光靠俸祿還真積攢不了多少家底。皇帝雖然將肅國公府還給了石磊，但是肅國公府的值錢家當已經被一抄而空，留下的只是一些不能搬動的家具。皇帝也知道石磊窮，便大筆一揮賞了一些鋪子給他，雖然石磊在軍事上是奇才，但是在鋪子經營上卻差得很，這些鋪子一直半死不活著。

石母雖然想幫石磊一把，但她是農家出身，農家的聘禮容易得很，碰見這大戶人家，石母也沒有辦法了。

石磊想了半天，便將皇帝賜的鋪子和良田地契一併給了沈府。

眾人都盯著石磊會下怎樣豐厚的聘禮，卻不料，石磊只下了簡簡單單幾擔聘禮，與沈芳怡當時嫁給北定王府的盛況，完全是一個天上一個地下。

嘿，貴女又怎麼樣？為了救父親，被皇帝糊裡糊塗地賜了婚。肅國公府雖然表面上好聽，但是內在確是一個空殼子。

眾人不知道，沈家大房正為了那幾擔聘禮頭疼呢。

那幾擔聘禮確實簡單，但是重點在於最後一擔，沈夫人打開一個小匣子，一大疊地契露了出來，其豐厚程度，讓沈夫人瞠目結舌，這石磊只怕是將所有的家底都丟到聘禮裡了吧。

沈母在家作主多年，從來沒有遇過這樣的事。她無法作主，便將沈父請了過來，沈父看了看那疊地契，笑著說：「我們將這當作是菲兒的嫁妝，讓她陪到肅國公府去便是，莫非我們沈家還是那吞吃女兒聘禮的小門小戶不成？」

沈夫人贊同地點了點頭，心裡又對石磊滿意不少。肅國公府雖然底子薄，但是石磊能將所有家當拿出來做聘禮，可見其誠懇之心了。

當即，沈毅將沈芳菲叫到了大堂，沈芳菲看見大堂上擺著這薄薄幾擔聘禮，心中便了然。

「肅國公府雖然聽著好聽，但全靠石磊一個人撐著的，沒有家底，是盛還是衰都是皇上給的。」沈毅沈聲對女兒說道。「如果有選擇的機會，我絕對不會願意將妳嫁進肅國公府。」

沈夫人聽見丈夫這麼說，急急地扯了扯丈夫的袖子。

沈芳菲聽見沈毅這麼說，盈盈一拜。

「女兒不孝，還勞父親母親費心，只是肅國公救過我，又毅然自請去幽州尋找父兄，便是一個重情義的好男兒，女兒必定不會輕視他。」

沈毅這個小女兒在閨中便養得嬌，若她打從心底看不起石磊的話，如何與石磊過好日子？如今見她眉目清明，不像不願意，沈毅鬆了一口氣。

他是看重石磊，但是小女兒的幸福卻是首位的。他指了指桌上的匣子，對沈芳菲說：

「妳來看看。」

第六十八章

沈芳菲走到桌子旁邊，打開了匣子，看著那一疊地契。「咦」的驚呼出聲。

「石磊這小子只怕是將所有的家底都給妳了。」

沈夫人越想越對這個女婿滿意，當然不介意為石磊說兩句好話，畢竟女兒嫁過去了，與石磊夫妻和睦，沈夫人才安心。

沈芳菲在前世當過家，自然知道這疊地契的價值，石磊能將這些統統拿來，說明其心可誠。她兩世為人，都沒有看見過如此大氣的男子，不由得有些動容。

「嫁過去之後，不要對他的養父母與妹妹有輕視之意，只要好好操持，他自然會十分愛重妳的。」

沈夫人握著女兒的手，語重心長地說。

「母親，我懂的。」

沈芳菲點了點頭，沈家人並不清楚她與石磊之間的關係，如此對她好的男人，她不可能對他不好。

沈家失了面子，但卻得了裡子，沒有對石磊的聘禮橫加指責，而是默默地將它收了。

淑貴妃聽沈芳怡說了此事，倒是起了心思，半是嗔怪地對皇帝說：「您硬要給人家指婚，也不看看那肅國公的聘禮有多寒酸。」

「聘禮？」

皇帝使人去探了一遍，聽說石磊的聘禮只有那麼薄薄的幾擔，心中十分自責，枉他將石磊看作後輩，卻忘了他剛襲了肅國公府，家底薄得很。

皇帝讓淑貴妃從庫房裡拿了不少好東西出來，大筆一揮將這些東西賜給沈家，就當作是聘禮了。

這一舉動讓眾人看呆了眼，有誰能獲得皇帝這樣的眷顧？這待遇，連皇帝的子姪也不遑多讓啊，大家又嫉妒沈家得了一個好女婿。

沈家本想照顧石磊的面子，也減輕沈芳菲的嫁妝擔數，準備陪一些實用的鋪子、良田過去，但是皇帝這一舉動，讓沈家不得不又增加了沈芳菲的嫁妝，皇帝都在盯著呢，沈家還敢怠慢？

「謝皇上對臣的愛護。」

當石磊知道皇帝的旨意後，趕到宮裡，對皇帝跪謝。

「哈哈哈，你是黎家的血脈，再怎麼樣，朕也會護著你的。」皇帝的笑聲十分爽朗。

此時的九皇子在大殿外聽見皇帝的笑聲，一顆心憤怒的直跳。他身為皇子，求見皇帝的時候被攔住了，皇帝居然捨他這個兒子不見，去見一個外人！

「九哥你怎麼在這裡？」

十一皇子見九皇子在皇帝的宮殿外，十分好奇地問了一句。

「我等著見父皇呢。」九皇子看見十一皇子，心中十分不耐，但是也只能耐著性子回答。

「喔。」十一皇子無所謂地回了一句。

「十一爺，您可來了，皇上正等著您呢。」

皇帝的貼身太監看見十一皇子十分開心。

「什麼？」九皇子心中一跳，被一股怒火燒得五內俱焚。

「要不九哥與我一起進去？」十一皇子笑著對九皇子說。

「不了，你先進去吧。」九皇子咬著牙齒說，無論他怎麼做，父皇都看不到他這個宮奴所出的兒子。

十一皇子進了宮門，見石磊與皇帝說笑，說是說笑吧，倒是皇帝在一個勁兒地說，石磊只是安靜地聽。

十一皇子倒不知道父皇是個話嘮，但是他對父皇親近石磊卻是十分理解。父皇年紀大了，皇子一個一個長大，對皇位都起了心，有了威脅，他不得不防。唯一可信的，便是這個為了他犧牲全族性命的好友之子了。

「父皇。」

十一皇子笑著走了過去，他雖然敏銳感覺到皇帝近日來對他的不同，但是他仍裝作什麼都沒發生的樣子。

皇帝看見這個一向討喜的小兒子進了宮，心中一半開心一半擔心，開心的是這個小兒子始終是記掛著他的；擔心的是他怕小兒子的記掛裡帶著別的成分。

「你倒是悠閒，整天不領差事就只知道在宮裡逛來逛去的。」在石磊面前，皇帝絲毫不給十一皇子面子，沈著聲喝斥了幾句。

十一皇子聽見皇帝的喝斥，絲毫不惱，只是摸了摸頭。

「兒臣本來就不大喜歡處理那些讓人頭疼的公事，與其這樣，還不如多陪陪父皇和母妃呢。」

皇帝聽了這話，面色和緩了一些。

「父皇在與肅國公說什麼呢？我在殿外就聽見父皇的笑聲了。」十一皇子笑著問。

「朕在笑肅國公太窮，連聘禮都只有幾抬呢。」

皇帝心情好，倒是開起了石磊的玩笑。

石磊聘禮只有幾抬的事，十一皇子當然聽說過，他搖頭晃腦地說：「說起來，當年沈二小姐與我姊姊十分要好，我也要替姊姊為她添妝呢。」

皇帝聽十一皇子說起三公主，一臉懷念。

「是啊，那時候三丫頭神氣活現的，簡直是宮中一霸呢。」

比起年紀大了便蠢蠢欲動的皇子們，願意放棄所愛與羌族和親的三公主，還是十分得皇帝的喜愛與愧疚的。

「姊姊寫信來說過得很好，只怕要當羌族一霸呢。」十一皇子笑著說，其實哪裡會好得很？一名女子遠嫁他鄉，儘管身分是公主，所靠的也不過是丈夫的寵愛罷了，可是男人的寵愛能有多久呢？

皇帝當然不願聽女兒生活悲慘的消息，聽見十一皇子這麼說，心中十分開懷。

「她倒從小就是個逗人喜歡的。」

十一皇子在皇帝那兒說給沈芳菲添妝倒不是虛言，他送了幾擔東西到了沈府，言稱這是為姊姊給沈芳菲添妝的，沈府不得不收。

第二日，沈芳菲待嫁，被拘在家中，不得隨意出門，日子過得乏味，直到沈于鋒嬉皮笑臉地給了沈芳菲一封信。

「喲，哥哥還給妹妹寫起信來了？」沈芳菲笑著說。

「怎麼可能是我？看看裡面吧。」沈于鋒指了指信。

沈芳菲狐疑地打開信，信上字體倒沒有長期練就的飄逸之態，也不算太好，勉為其難不過是方正二字能形容，不過字如其人，石磊也是端端正正的。

石磊在信中寫了今天發生了什麼事，連下屬訓練不認真罰了都細細說了，那實誠勁兒，讓沈芳菲都暗自發笑。

回點什麼給他吧？沈芳菲想著，叫荷歡拿了墨來，細細潤了，開始寫起來，從早上喝的一碗小米粥，到繡的一朵花兒，都能寫出別樣情懷，到最後，她歪了歪頭，還調皮地在信紙上畫了一朵桃花，言稱自己叫桃花君。

石磊看到被沈芳菲用粉色染成的信紙，不由得笑了笑，讓他手下的兵士都覺得驚奇，黑面將軍也會笑？

在朝前，皇帝輕描淡寫地糾了三皇子的一個小錯，說三皇子的吃穿用度越制了，便將三皇子貶為庶人。

朝中眾人心思各異，開什麼玩笑，吃穿越制就能將皇子貶為庶人？怕是三皇子犯了什麼大錯吧？眾人又想到之前沈毅那份軍中叛徒的名單，莫非是……

眾人心中一跳，這三皇子也太膽大了。

三皇子遠在北野，莫名其妙背了黑鍋，被貶成了庶人，連進宮申辯都不能，其母賢妃也被皇帝呵斥，貶入冷宮，高家也被皇帝猜忌，賢妃的父親只好辭官，躲避這場風頭。

高家摩拳擦掌暗中調查，只求查出害他們墮入萬丈深淵的幕後主使，查來查去，居然查到了淑貴妃身上。

怎麼可能是淑貴妃？高家人十分疑惑，三皇子已經被封為北野王，對想要登上大位的其他皇子並無影響，淑貴妃和她身後的北定王府可不是蠢笨的，怎麼可能對三皇子動手？

高家人一邊裝出對淑貴妃和十一皇子十分怨恨的模樣，一面繼續查探，終於發現蛛絲馬跡，原來這始作俑者是對三皇子一向恭敬的九皇子！

高家主事者狠狠拍了一下桌子，他可是沒忘記當時三皇子在朝上作死也是為了這個好弟弟，這樣看來，九皇子內心黑得很！

高家咬著牙，派人悄悄去了北定王府，不知道密謀了什麼，只知道過了幾日，便傳出高家派系的官員們都稱讚九皇子兄友弟恭，為人聰敏，頗有當年太子之風。

九皇子的聲望瞬間達到了頂點，比起無所事事的十一皇子來，九皇子辦事的成績簡直可以用亮眼來形容。

一時之間，大家對九皇子讚不絕口，一副以九皇子為未來儲君的勢頭。

沈芳菲冷眼看著，九皇子似乎有些不好，上一世九皇子靠的是三皇子、四皇子堅持不懈的囂張態度，讓皇帝對他們冷了情，最終才選了看上去恭順又沒有他心的九皇子，而九皇子如今在高家的追捧下，變得有些飄飄然了，在朝廷上偶爾也有一、兩次強勢之舉。

皇帝失了兩個兒子，自然不肯再失去其他兒子，儘管內心深處不是很待見九皇子，但是在朝堂上還是需要他。

一時之間，九皇子領了不少差事，讓其他人揣測著莫非九皇子要上位了？

大家將眼光放到十一皇子身上，他仍一副不在乎的模樣。

「出身好的人果真沒野心。」一眾人嘆道。

不管九皇子怎麼樣，都影響不了沈芳菲與石磊的聯姻。

花開之季，沈芳菲終於要出嫁了。

出嫁當日，沈夫人看著梳妝的小女兒百感交集。

這個小女兒一直十分孝順，在沈家面對大難、自己病倒的時候，她毅然站了出來，肩挑大房，如今這樣好的女兒，也是別人家的了。

沈芳菲正被梳妝嬤嬤收拾著，回頭看母親怔怔地看自己，對她調皮地笑了一下。「母親莫傷懷，石家與沈家隔得不遠，女兒想回來便回來了。」

沈夫人聽見小女兒如此說，急急喝斥。

「怎麼能這樣？出嫁的女兒如潑出去的水，還能時常回娘家不成？」

沈芳菲吐了吐舌頭，沒說話。石磊府中沒有壓力在頭上的正經婆婆，她嫁了過去，石磊出去的時候，她除了料理家務，自然有時間回沈府瞧瞧的。

梳妝嬤嬤看著沈芳菲嬌俏的模樣，一個勁兒說著吉祥話。

「像沈小姐這麼俊俏的姑娘我真是很少見到呢，石將軍真是個有福氣的。」

沈芳菲笑了笑，這場景她前世已經見過，只是娶她的人已經不一樣了。

沈芳菲梳妝完，便聽見外面吵鬧得很，一陣熱烈的鞭炮聲響起，外面傳出嘈雜聲，沈芳菲趕緊坐正了身子。

荷歡今天也穿了一身紅衣，一臉喜氣地走了進來，對沈夫人和沈芳菲說：「還早著呢，大少爺正在領頭為難石將軍呢。」

沈府世代為將，當然不興出什麼詩詞來為難新郎官，沈于鋒與石磊交好，也不願意為難了妹妹，他拿出一張輕飄飄的紙，笑著對石磊說：「今天是大好日子，我與你兄弟一場，也不忍為難你，只要你將紙上的話唸出來，我就讓你順順利利接到新娘子。」

第六十九章

石磊帶來迎親的都是他的心腹親兵，他們原以為來沈家娶親必定要大幹一場的，卻不料沈家不按牌理出牌，只扔出了一張輕飄飄的紙，讓這些親兵一股子蠻力不知道往哪兒使，只能直愣愣地盯著石磊手上的紙瞧。

石磊原以為會被沈于鋒刁難個夠，卻不料沈于鋒只拿出一張紙，他著急地看了看這張紙，沈于鋒卻盯著他的表情。

這張紙，對有些男子來說，重如千斤；對有些男子來說，輕而易舉。做得到做不到，只是憑心而已，還未等石磊發聲，沈于鋒又接著說道：「如果石將軍害羞，那麼就和我比試一番吧。」

終究，沈于鋒還是給他留了一條後路。

石磊很快掃了紙一遍，並沒有流露出異色，沈于鋒看了他這副模樣，心中十分滿意。「安靜，安靜，看來我們新郎官要讀紙上的內容了。」

沈于鋒此話一落，本來嘈雜的沈家前院安靜了下來，石磊清了清嗓子，將紙上的字唸了出來：「我發誓，在家以娘子的意見為主，並且絕不納妾。」

大家聽到這樣的話，不由得面面相覷，沈家在這個時候提出這樣的要求未免太不講情理了吧，將女兒放在心上是好，若是石磊不願意的話，傷害的豈不是小夫妻的感情？

沈于鋒也愣了，他是洋洋灑灑寫了一堆讓石磊發誓對沈芳菲好的話，但是並沒有說不許石磊納妾啊，卻不料石磊說了出來，還讓他背了這麼大一個為難妹婿的黑鍋。

石磊倒是沒有別的念頭，他只是嫌沈于鋒寫的東西太多，還不如一句話總結了，早點將沈芳菲接回家裡。卻不料這話太一語驚人，讓沈于鋒都不知道如何反應了。

短暫的沈默後，大家又開始恭喜起來，這時在外面看熱鬧的荷歡又跑進房裡，這次她臉上充滿了驚喜。

「夫人、小姐，姑爺說以後絕不納妾！」

沈夫人第一反應便是看向女兒，她見沈芳菲也是一臉驚訝，拍手笑道：「我女兒真是好福氣。」

沈芳菲心臟怦怦跳，簡直不敢置信，但是嘴上還是淡淡地說：「這有什麼，姊夫也沒有納妾。」

沈夫人搖了搖頭。

「妳這孩子喲，得了便宜還賣乖。」

無論是沈毅也好，沈于鋒也好，甚至是朝暮之，都是難得的好男人，很少沾染別的女人，但是他們不如此，不代表石磊也不會如此。但是石磊都如此說了，沈夫人還怕什麼。

她愛憐地摸著女兒的髮絲。

「上天厚我。」

沈芳菲看著母親幸福的臉，又想起前世她的早逝，亦感到十分滿足，也笑著說：「上天厚我。」

正當母女說著話，沈于鋒走了進來。「妹妹，我揹妳上轎吧。」

喜娘聽見沈于鋒如此說了，連忙將蓋頭蓋到沈芳菲頭上，沈芳菲視線內鋪天蓋地的一片紅色，讓她分不清東南西北。

沈于鋒輕輕撫著妹妹的手，將她揹在身上，小時候他亦如此揹過她，這一次，怕是最後一次了。

沈于鋒百感交集，一步一步走得十分緩慢。「別怕，若是他欺負妳，我絕對幫妳欺負回來。」沈于鋒輕聲說。

沈芳菲聽到沈于鋒這樣的話，差一點落下淚來，她知道，沈家一直是如此，無論是上一世還是今生，永遠都是她的後盾。

石磊在門口等了許久，終於看見沈于鋒將沈芳菲揹了出來，她穿著大紅嫁衣，蓋著紅色蓋頭，顯得喜氣洋洋。可是莫名其妙的，他就是知道她的情緒不怎麼高昂。

沈于鋒將她放到轎前，她緊緊抓住了沈于鋒的手。

沈于鋒無奈地笑了笑，正準備勸她，石磊走了過去，將沈芳菲的手接過來。

「我會對妳好的，一輩子這麼好。」他在她耳邊輕聲說，他感到手背上熱熱的，他又微笑了一下，將沈芳菲送進了轎子。

願妳今生，這是最後一次哭泣，以後的每一滴淚水都只為感動和喜悅。

石磊是軍功起家，沈府亦是世代為將，所有交好的人家都是豪爽派，石磊這邊的好友們都想在這個大好日子裡將石磊灌個爛醉；而沈家這邊的親朋好友們，都想與這個皇帝的寵臣結交，也都統統給石磊敬酒，一時之間，石磊對面前的酒杯應接不暇。

沈芳菲靜靜地坐在喜房裡，皇帝見石磊府中空虛，連個為他操辦婚禮的人都沒有，特地讓淑貴妃從宮中選了不少幹練的人給石磊，所以這次大婚操辦得妥妥貼貼。

按大梁朝規矩，新媳婦在喜房裡是需要家裡的姑姑、嫂嫂陪著的，但是石磊單獨一人，怎麼可能有這些親戚？外面越熱鬧，越顯得喜房裡安靜得很。

突然之間，門外響動了一下，沈芳菲抬頭，看見一個穿著大紅衣衫膽怯地看著自己的婆子，這個人不是別人，正是石母。雖然石磊對她一如往昔，但是這個兒子始終不是她肚子裡出來的，又成了大人物，石母對石磊的很多事，都不會也不敢管得那麼多了。

這次成親，石磊雖然說了很多次，石父、石母可以迎客，但是石父、石母堅決不肯，他們不希望因為自己，壞了石磊的面子。

儘管如此，石母仍是想看看自己的兒媳婦。

宮中出來的人都是人精，見石磊對石母一向尊敬，自然不會在面上看不起石母，大家都恭敬地對她行了禮，石母反而不習慣被這麼多人注視，連忙揮手。「不必行禮。我只是來看看我的兒媳婦。」「兒媳婦」這三個字說得小心翼翼。

她曾經無數次聽呆妞說過這位小姐的事，知道這位小姐身分非同一般，生活也十分雍容華貴，若不是石磊，她永遠不會與這位小姐打照面的。

石母雖然在石磊剛上位的時候打過誑語，但是面對沈芳菲的時候，心中還是自卑的。沈芳菲自然不會在這個時候給石母臉色看，她對石母微微一笑。「娘親，您來了。」即使認祖歸宗，但是石磊仍叫石父石母爹、娘，若沈芳菲此時看不起石父、石母，那麼石磊再愛重她，也會為難。

石母在門口聽見沈芳菲微笑著叫自己娘親，臉上流露出感謝的神情。她撫育石磊這麼久，自然付出良多，如果石磊娶的這個高門妻子不認她，甚至厭惡她，也會讓她十分傷心。

她緩緩走進來，討好地對沈芳菲笑著說：「兒媳婦妳真好看。」

沈芳菲笑著坐在床邊，石母搜索枯腸也找不到什麼稱讚兒媳婦的話來說，只能坐在床邊的椅子上。

沈芳菲高門大戶出身，自然知道對什麼人說什麼話，她細細問一些石母關於石磊小時候的事，引得石母陷入了回憶，說個不停。

這些宮女們看見沈芳菲對石母沒有鄙視之色，還耐心地與石母說話，都暗自點了點頭，說這位沈家小姐是個好的。

石磊應酬了很久，拖著疲憊的腳步進了喜房，卻看見母親拉著沈芳菲的手悄悄地在說著什麼，沈芳菲倒沒發現門口的石磊，只是靜靜微笑著聽石母說。

石磊站在門口對石母與沈芳菲說：「妳們在說什麼呢？」

石母正說到興起處，看見兒子進來了，笑著說：「我們正說到你小時候去山裡挖紅薯呢。」

之前石母認為石磊是世界上最好的男兒，還說沈家小姐都不能匹配，石磊還生怕石母與沈芳菲處不好，卻不料這兩人湊在一起，居然還能聊上一聊。

石母不管兒子心中怎麼想，只是笑說：「既然你來了，我便不陪菲兒了。」短短時間，她已經將兒媳婦升級為菲兒，可見她對沈芳菲的滿意。

石磊送走了母親，壓抑住一直波動的情懷，對沈芳菲笑說：「累不累？」

沈芳菲搖了搖頭，輕聲說不累。

石磊走到她面前，專注地看了看她，他身材高大，在燭火下的身影映在沈芳菲身上，讓沈芳菲有些不安地動了動。

「別怕。」石磊用沙啞的聲音說，他用極度虔誠的姿勢吻了吻沈芳菲纖細的手指，唇的灼熱似乎灼傷了沈芳菲，沈芳菲瑟縮了一下。

石磊將沈芳菲的頭髮拆散，那如流水的青絲披在肩頭，顯得沈芳菲格外嬌小孱弱。石磊將沈芳菲攬入懷中，這麼多年的隱忍，他終於將她攬進懷裡。

沈芳菲伏在石磊肩頭，有些臉紅，狠狠地咬了石磊的肩頭一口。「你若讓我疼，我就一輩子不理你了。」

石磊聽了這話，他也沒碰過女子，自然不知道女子的第一次有多疼，只想著自己輕點，便能讓沈芳菲少疼一些。

「不會疼的。」

「真的不會疼？」沈芳菲狐疑地看了看石磊。

「那好，你開始吧。」她閉了眼，一副英雄就義的模樣，惹得石磊一陣輕笑。她還沒來得及睜開眼，便被石磊的親吻惹得驚呼一聲。「你要幹什麼？」

可惜這話還沒說完，又被堵住了嘴唇。

這一夜，被翻紅浪，沈芳菲叫著：「疼疼疼，你輕點。」

「不怕，不怕，我怎麼會傷害妳？」石磊便輕聲安慰道。

沈芳菲氣極，又再次狠狠咬在石磊的肩上，但是石磊皮糙肉厚的，並不覺得疼。

第二日，石磊在公雞的鳴聲中醒來，他看著枕在自己手臂上的沈芳菲，見她雪白的小臉埋在被子裡，心中十分滿足。

石磊一動，沈芳菲便醒來了，她看著石磊壯碩的身子，不由得紅了臉，將小臉埋在被子裡不肯起來。

石磊笑了笑，彷彿知道沈芳菲的困境，精神抖擻地爬了起來。

沈芳菲見石磊起來了，連忙也跟著起來為他換衣服，但是石磊這麼多年都是一個人過來的，怎麼可能還需要沈芳菲伺候？他倒是饒有興味地看著沈芳菲的單衣，為她穿起衣服來。沈芳菲紅著臉，像個娃娃任憑石磊擺布。

沈芳菲好不容易梳妝好了，石磊柔聲對她說：「要不我們去拜見一下父母？」

父母？沈芳菲點了點頭。

石磊先是帶她去拜了黎家父母的牌位，又將沈芳菲帶到石父石母小院前。「爹娘雖然不是親生父母，但是對我極好。」石磊說道，沈芳菲出自大戶人家，他生怕沈芳菲看不起石家父母。

沈芳菲看見石磊期待又祈求的眼神，握著石磊的手說：「父母為我們付出這麼多，拜見是應該的。」

石父石母早就起來了，但是卻不知道石磊會不會帶新婚妻子來拜見自己。

按常理來說，他們與石磊有的，只是所謂的養育之情。

當他們看著石磊帶著新婦來到門口時，石母感動得擦了擦眼淚。

這個兒子，無論是從前還是現在，對她，總是始終如一的。

沈芳菲言笑晏晏，給石家父母跪著敬了茶，石父石母受寵若驚，虛坐了半晌，趕緊將沈芳菲扶了起來。

「快快請起。」石母笑著說。「只要你們好好的，我們也便是好好的。」

石母自從新婚夜與沈芳菲聊開後，對她自然十分親近；沈芳菲對石父石母的照顧也十分精心，甚至刻意討好石母，讓石母心中十分寬慰。

不過雖然沈芳菲尊她為婆婆，她也只是守著一畦小菜園，不出去走動與打擾沈芳菲任何管家的決定。

第七十章

沈芳菲與石磊如膠似漆了幾天，待石磊去上朝了，才有空將管家們召集過來。

管家們都以為夫人會新官上任三把火，將所有權力都牢牢抓在手裡。

卻不料夫人只是對他們說了幾句勉勵的話，便將管家權分給了他們，但是他們需時常報備。

管家們並沒有被奪權，心裡是十分樂意的，沈芳菲恩威並施，倒是收服了不少下人的心。

石磊對家中的事並不上心，除了他從軍隊帶起來的兄弟，其他下人對他來說都一樣。

沈芳菲見石磊在家如此模樣，便知道他為什麼會將那些地契做聘禮了，一是他真心對自己，二是恐怕他也覺得處理這些雜事十分煩心吧。

石磊與沈芳菲相處了一個月，發現沈芳菲與他想像中的完全不同。

沈芳菲在外面雖然喜歡華服示人，但是在家中是十分簡單的，她時常穿著淡色衣裳，不施脂粉地看書畫畫、處理家務。

石磊笑著對沈芳菲說：「我還以為妳天天在家便是對鏡打扮呢。」

沈芳菲聽到這話，吐了吐舌頭。

「這是什麼偏見？你難道以為貴女是什麼都不顧等著被伺候的？」

石磊最看不得沈芳菲裝生氣，連忙軟聲說道：「是我太沒有見識了。」

沈芳菲看了看石磊，耐心解釋道：「一個後宅女子，要學的很多呢，從理家到文才到繡花，都要學的。」

石磊搖搖頭。

「我們的女兒不必學這些，也能嫁出去的。」

沈芳菲羞紅著臉瞥了石磊一眼——

他知道後宅女子對於生男生女的壓力很大，便日日對她說要是有個女兒有多好，寬慰她的心。

但是沈芳菲不知道的是，石磊是真心想要一個像沈芳菲一樣的小女兒，他想細心將她寵大，然後將她嫁給一個對她好的人。

沈芳菲將石磊的衣裳全部換了遍，石磊說不出這衣裳和以前有什麼不同，但是穿在身上舒服得很。

朝中的人都覺得石磊自從婚後，和以前不大一樣了，也說不上什麼不一樣，只有他們後院的夫人看到石磊，才笑著說：「肅國公增添了不少貴氣。」

石磊以前身為武將，衣服自然不大講究，給他準備衣服的只怕都是貼身小廝，貼身小廝有什麼好品味？大概是隨便弄給石磊穿罷了。

但是沈芳菲不同，她出身大家，自然有著不一般的品味，她打扮起石磊來，易如反掌。石磊是男人又是武將，打扮得太花俏了，別人也會指點，沈芳菲給他準備的衣裳都十分低調，卻是在質地和裁剪上下了工夫的。穿久了，人的氣質自然也就變了。

石磊並不認為出嫁的女兒要少回家，他家人口少，石家父母又喜歡自得其樂地種花，他時常帶著沈芳菲回沈府看看，讓沈芳菲覺得自己離少女時代並沒有太遠。

石磊這種行為，讓沈夫人有了一種錯覺，她是用一個女兒，換了一個兒子。

沈毅十分歡迎石磊小夫妻回家，每次石磊來到沈府，他都會扯著石磊在書房聊好一會兒，石磊雖然少時底子沒打好，但是他天資聰穎，很多事都能舉一反三，讓沈毅越發欣賞，覺得當時不想將女兒嫁給他，真是天大的錯誤。

沈芳怡貴為北定王世子妃，北定王妃見她做事頗有章法，便索性將北定王府這個大攤子全部丟給了沈芳怡。沈芳怡上上下下都要打點，自然空不出時間來與沈芳菲多相處。反而是沈芳霞嫁了王侑，王侑府裡就這麼幾口人，沈芳霞日子倒是清閒得很，經常來肅國公府找沈芳菲閒聊。

上次沈府危難之時，王侑對沈芳霞一如往昔，幫沈府四處奔波，出了很大一把力，沈芳菲對他心中也是感激的，每次王侑來接沈芳霞之時，都會讓石磊出來招待。

按理說，文官與武官是沒有共同話題的，但是石磊與王侑都是出身貧家，歷程倒是很相似的，兩人頗有話聊，有互視為知己的意思。

這天石磊休沐時，王侑夫妻又來了，王侑與石磊去了書房，留著沈芳霞與沈芳菲姊妹說說話。

「之前我以為他看重我的身分多些，但是出了那事之後，我發現他是看重我多些。」沈芳霞長眉入鬢，有些洋洋自得，她生活順暢，反而顯得豔光四射，走出去，都讓人移不開眼睛了。

沈芳菲笑著說：「還是我父親眼光好。」

「那也是我願意嫁。」

沈芳霞聳了聳肩，又笑著說：「我看肅國公也不錯，能在大婚的時候說不納妾，那一定是真心的。」

沈芳菲點點頭，嘴角悄悄地上揚了。

待王侑夫妻走了，石磊走到沈芳菲的房內，看見自己的小妻子靜謐地坐在窗前不知道在想些什麼。

他站在門口，看著夕陽在她的側臉上映下一個好看的剪影，不由得看癡了。

沈芳菲倒是發現了石磊，側過臉來對他微微一笑。

「你在幹什麼呢？」

石磊走進房內，坐到沈芳菲的身邊。

「妳在想什麼呢？」

沈芳菲將臉輕輕靠在石磊肩頭。

「我在想幸虧有你。」

石磊是冷硬的性子，被沈芳菲這一齣弄得臉上微微紅，他用手攬著沈芳菲的肩。「我也覺得，幸虧有妳。」

沈芳菲抬頭看了看石磊的側臉，低下頭來笑了笑，心中甜得全是蜜。

新婚的兩人過了不少柔情密意的日子，沈芳菲也從新嫁娘的身分變成了肅國公夫人，慢慢開始與別家走動了。

石磊深受皇帝愛重，有很多人都想與他交往一番，可是石磊不是在軍隊練兵就是窩在家裡，眾人很難堵到他。

眾人見石磊對妻子十分好，便回家對夫人千叮萬囑，讓夫人們與沈芳菲交好。一時之間，沈芳菲接到的帖子，還真不少。

沈芳菲挑選了一番，接受了葉府的帖子。

葉婷的性子爽朗，是她一向喜歡的，眾人知道了沈芳菲要去葉府，葉府的帖子就變得金貴起來了。

沈芳菲到了葉府，葉婷早在府前迎了，笑著對沈芳菲說：「聽說肅國公夫人要來我家，大家便全都找我要帖子呢。」

沈芳菲聽出了葉婷口中調笑之意，用帕子捂著嘴笑道：「我在閨中的時候葉府的帖子就值千金了，莫非現在的帖子值萬金了？」

葉婷聽了這話，不由得笑著拍了拍沈芳菲。

「就妳淘氣。」

「喲？今日妳那位沒有巴望著要來？」

沈芳菲往四處看了看，一臉驚訝。

沈芳菲說的是葉婷的表哥，她早已經與表哥訂親，再過一年也要出嫁了。她與這位表哥青梅竹馬，這位表哥無論什麼時候都對葉婷忠心耿耿的，讓與葉婷交好的姑娘們不由得忍俊不禁。

「誰理他？」

葉婷雖然心裡十分吃表哥這套，但是表面上還是裝作不屑一顧的樣子。

沈芳菲正與葉婷交談著，聽見後面有女子小聲地說：「表嫂？」

表嫂？沈芳菲有些驚疑地回了頭，看見一個女子站在她身後，有些忐忑地看著自己。

「咦？」葉婷驚呼了一聲，又想到了什麼，小聲在沈芳菲耳邊道：「這位是秦家的小姐。」

只怕是在外面要了葉家的帖子，來認石磊這個表哥的。

秦家？沈芳菲不動聲色地皺了皺眉，當年黎夫人令心腹將石磊送回了秦家，想要娘家將這唯一血脈撫養長大，卻不料娘家懦弱怕事，將其心腹和不到一歲的石磊趕了出去，任其自生自滅。又藉著皇帝對黎子亭的內疚，占盡了黎家的便宜，這等作派，令人噁心。

石磊聽了往事，自然不會搭理秦家，可是秦家怎麼可能放棄石磊這一條線？自是想辦法貼了上來，既然堵不到石磊，來堵沈芳菲總是可以的吧。

所謂伸手不打笑臉人，秦家姑娘如此有禮，讓沈芳菲無法給她臉色，只得笑著說：「請問妳是？」疏離的態度已經說明了自己的立場。

但是這位秦家姑娘彷彿沒有看出沈芳菲平淡的臉色，仍是笑著說：「我是秦家的姑娘，叫秦語，我的父親到現在還惦記著肅國公的母親呢。」

一直惦記著，怎麼能看著當時小小的石磊就這麼去死？沈芳菲有些不耐。

秦家畢竟是石磊母親的外家，若是與秦家撕破了臉，將當年的事說了，丟的不只是秦家的臉，還有自己親生母親的，所以石磊雖然躲著秦家，但是倒從沒說過自己與秦家沒有親戚關係。

秦家見石磊如此態度，認為石磊不知道當年的事，只是二十年在外，與自家疏遠了而已。

這不，當沈芳菲出門探友的時候，他們派出了這位秦語——黎夫人大哥的女兒，據說長得與黎夫人像得很。

「哦？我倒從沒聽相公說過。」

沈芳菲戴上了貴女的面具，笑著說。

秦語不料沈芳菲會如此不給自己面子，愣了一會兒，笑著說：「我家祖母盼著您與表哥回去看看呢。」

這時，眾位小姐的眼光都聚集到沈芳菲與秦語這邊，沈芳菲不欲讓大家看笑話，便虛應了。

「好呀，我一定去拜訪外祖母。」

石磊已經因為不孝被彈劾過一次了，如果秦家再以這個興風作浪，石磊在眾臣心中的形象必會一落千丈。

葉婷不知道秦家做的冷血事，對石磊與秦家不走動也覺得好奇，隱晦地問了，得到沈芳菲的回答是：「石磊是個武將，與文臣的秦家不太搭邊，所以……」

葉婷聽出了石磊不欲親近秦家的意思，想必這其中一定有內情，只是外人不知道而已。

葉婷沒有追問，將話題牽扯到了最近京城流行的布料上，只不過等宴席散了，跟葉祖母說了，葉祖母回憶說：「現在秦家的那位祖母不是黎夫人的生母，黎夫人的生母在黎夫人八歲的時候便去世了。黎夫人的生母是真的好，教養的女兒也是個好的，後面的那位就……」

對於孫女，葉祖母倒沒必要遮著掩著。

「後面那位根本上不了檯面了。」

葉婷看上次沈芳菲對秦家的疏遠態度，猜測著說：「只怕這秦家在黎家覆滅之時做了一些糊塗事，讓石磊厭棄呢。」

「要是我是秦家呀，我就滿足了，這些年，聖上對秦家的好大家都看在眼裡，若他們再不知足，就難說了。」葉祖母對葉婷說：「妳要明白水滿杯溢，月盈則虧的道理。」

葉婷乖巧地點了點頭，葉祖母一生智慧，攬住了葉老太爺一輩子的心，有很多事，她是要向她學的。

第七十一章

過了幾日，沈芳菲接到了秦家的帖子，秦家老祖母大壽，叫外孫與外孫媳婦去呢。

沈芳菲氣極反笑。

「居然有這麼厚的臉皮？當年不認石磊，等外孫發達了才找他？」

石磊看了帖子，半晌說道：「還請夫人陪我走一趟了。」

沈芳菲點點頭，將頭搭到石磊肩上，小聲說：「我陪你去。」

她當然知道撕破臉是最不好的做法，在大戶人家裡，什麼事都是和和氣氣的，很多好與不好的事，都在這和和氣氣的氣氛裡辦了。

要回石磊名義上的外祖家，沈芳菲不好不準備禮物，派人熱熱鬧鬧地置辦了。她在房裡算帳的時候，卻看見石母徘徊在門口，一臉猶豫。

「娘親有何事？」沈芳菲和顏悅色地問道。

「你們要去磊兒的母家？」石母問道。

在那一瞬間，沈芳菲便明白了石母的猶豫，她視石磊為親子，若是石磊這次回了親娘的母家，想起了親娘，不親近她了怎麼辦？

雖然在情理中，石磊親近親娘的母家沒有錯，但是石母這一顆心，還是酸溜溜的。

「雖然我們應了秦家的帖子，但是在夫君心中，您永遠如親娘一般。」沈芳菲柔和地說。

石母聽了這話，臉上露出了一絲喜色。

「磊兒親近秦家是應該的，我只是來看看有什麼可以幫妳的。」

沈芳菲自然不會揭穿石母的小心思，她帶著石母到庫房裡走了一圈，給石母看了看為秦家準備的生辰賀禮。從當年黎夫人的生活情趣便可看出，秦家雖然在朝中不顯，但是底蘊並不薄，沈芳菲中規中矩地準備了一些名家的字畫送過去，另外給秦夫人準備一尊小小的玉佛。

石母並不懂這些東西的價值，只覺得沈芳菲準備的東西看上去都不大貴重，而沈芳菲又是一向懂石磊的心的，可見這秦家在石磊心中，並不大重要。想到此，石母笑呵呵地說：「要不要將妳給我打的那個大金頭面拿出來？」

沈芳菲連忙搖了搖頭。

「怎麼能讓娘親出東西呢？說起來，這次為秦家準備禮物的同時，我也給您準備了幾套新衣服呢。」

石母聽沈芳菲為秦家準備禮物的時候還不忘了自己，心中十分感動。「我一個老人家能穿多少衣服呀，還值得妳這麼費心。」

「娘親您如今也是官員的母親了，多備一些衣裳和頭面總是有備無患的。」沈芳菲如此說道。

晚上，石磊回來便被石母在門口截住了，石磊從小是聽慣石母的話的，石母最近雖然不管他的事，讓他十分感激，卻又有些不習慣。今日看見石母凶巴巴地在門口等著自己，石磊心中居然鬆了一口氣，娘親果然還是沒有疏遠自己。

石母將石磊帶到了自己的後院，劈頭蓋臉便對石磊說：「你一定要珍惜菲兒這個好媳婦。」

石磊聽到石母說的是沈芳菲，有些疑惑地抬頭看了看她。石母這個性子，不講道理得很，對喜歡的人是做什麼都好，對不喜歡的人是做什麼都是錯。如今她能為沈芳菲在兒子面前出頭，心中自然是十分滿意沈芳菲的了。

「菲兒對我十分孝敬，我看在眼裡感動在心裡。」石母如此說道，這個兒媳婦出身高，又向著自己，不讓兒子對她一輩子好，萬一來了個狐狸精，看不上她，她還有什麼活路？

石母將石磊帶到房間，指揮著小丫鬟將沈芳菲最近為她打的頭面和衣裳給石磊看了。「這麼好的媳婦，我從哪兒找啊？」

石磊看著沈芳菲為石母準備的首飾和衣裳，心中閃過一絲內疚。

當時他將石母、石父接回府裡，想著要給他們最好的生活，安享晚年，但是身為男子，怎麼能顧慮得到母親對衣飾方面的需求？

石磊是給了他們不少銀子，但是以石家父母的節儉性子，怎麼可能說花就花？都是攢在手裡，怕兒子急需的時候用了。

但是自從沈芳菲嫁過來，石家總共就那麼幾口人，自然對每一個人的需求都十分上心。石父喜歡下象棋，她便買了好的象棋給他，還讓小廝經常帶著石父去象棋館轉轉，交個朋友。石母雖然年紀不小了，但是女人麼，愛美之心人皆有之，沈芳菲便按照她的喜好，為她買了首飾和衣裳。

這些錢都不讓石家父母出，沈芳菲言明這是公中出的，石家父母也不明白啥叫公中，可是這日子是一天比一天開心快活了。

石磊看了石母為他展示的這些東西，心中對沈芳菲十分感激，又聽石母滿口都是這麼好的兒媳婦，將他這個兒子反而放到了一邊，便笑著說：「娘親如此誇菲兒，兒子都有些吃醋了呢。」

石母將目光從衣裳移到了石磊臉上，慢悠悠地說：「你那麼忙，陪我的便只有兒媳婦了。」

石磊聽出石母語氣中怪罪的意思，心中暗笑娘親真是越活越像小孩了。

「我改天休沐，便帶您與父親去京城最大的酒樓嚐嚐鮮吧。」

石母雖然在京城住了一段時間，但是從來不曾去過京城的酒樓，聽見石磊這麼一說，臉都發光了。

石磊今日回屋的時間有點晚，沈芳菲早就聽小丫鬟說他是被石母截住了，看到石磊進門，便笑著對石磊說：「娘親今日對你說什麼呢？」

「娘親說要我好好對妳，不然就剝了我的皮。」石磊笑著摟上了沈芳菲纖細的腰肢。

「啊？」沈芳菲有些驚訝，要知道自古以來婆媳關係都難相處。

石磊將頭靠在沈芳菲的肩上十分感慨，當時他見沈芳菲就如見天上的仙女，恨不得將什麼都捧到她面前，卻不料成婚以後，不是他照顧她，而是她對他付出多一些了。

「我覺得對妳做得十分不夠。」石磊悶悶的聲音從沈芳菲的肩頭傳來。

「什麼不夠？」沈芳菲手上正拿著為石磊繡的汗巾，聽到石磊這麼說，抬頭看了看石磊。

「我原先是想著將妳娶回來，讓妳什麼都不做，只要享福的。」他在少年時期就將沈芳菲放在心上，心中想著若是娶了這位貴女，家中的什麼事都讓他做都沒關係。

可是如今，反而是這位貴女照顧他的衣食住行了。

石磊的話讓沈芳菲忍俊不禁。

「你什麼都不讓我做，只讓我吃喝玩樂，是不是想將我像小豬仔一樣地養著，等肥了就將我處理掉？」

石磊聽到這話，連忙抬起頭想辯解，卻見沈芳菲笑得眉眼彎彎並沒有生氣的意思。「我為你做這些，都是我心甘情願的，看到你生活舒適，我十分開心也很幸福。」

若沈芳菲是個不諳世事的小姑娘，搞不好真的會憑藉著石磊對自己的這份愛，盲目揮霍。可是她經歷過上一世，知道石磊這樣的男人多麼難得，自然會為他打理後院，對他溫柔體貼。

石磊聞言，內心十分激動，隨著沈芳菲的一陣驚呼，將沈芳菲打橫抱了起來，輕輕放在床上。

沈芳菲早已不是那個在初夜疼得哭了的小姑娘，她用雙臂攬住丈夫的脖子，有些誘惑地說：「你想幹什麼？」

石磊聽了這話，笑了笑，便把嬌妻壓在床上，深吻了起來。

而外面的小丫頭們，早就羞紅了臉。

到了秦家老夫人生辰那天，石磊與沈芳菲上門，秦家的門房小廝早就得了吩咐，早早在門口守著了。

小廝聽說這位少爺是遺落在農家的，無論如何也想像不出石磊的樣子，直到有人長聲說：「肅國公到。」他才急急地迎了上去。

抬頭看著從馬車上下來的一男一女，小廝才發現自己錯得多麼離譜，石磊雖然穿著簡裝，但是其冷肅的氣質不怒而威，身邊的肅國公夫人貌如天仙，未語先笑，一副大家閨秀的作派，讓人知道她出自名門。

起先小廝認為這貴女嫁了石磊是受了委屈，可是今日一看，這兩位算是郎才女貌、十分般配的一對了。

石磊跟沈芳菲進了秦府大門，環顧四周，倒沒覺得秦府有特別之處。

而沈芳菲卻細心發現秦府雖然不大，但是步步成景，每個角落都十分別致有趣，可見這秦府的人十分有品味。

小廝見沈芳菲環顧著秦府的景致，便知道沈芳菲是個識貨的。

他諂笑著說：「這秦府是秦老夫人幾年前翻修過一次呢。」這秦老夫人，說的便是石磊的親生外祖母。

石磊的親生外祖母出身大家，看上了當時家道中落的窮秀才秦老太爺，委身下嫁，並將秦府打理得井井有條，秦老太爺也在石磊親生外祖母娘家的幫助下，官路越走越順。

可是男人永遠都不知足，秦老太爺當時和上司的庶女對上眼了，對著石磊的親祖母說：「我很愛雲兒，妳就成全我們吧。」

雲兒便是現在秦家老夫人的名字，石磊的親外祖母忍住一口血，將她納為妾室，可還是忍不住心中的痛苦，抑鬱而去了。

秦家的這樁往事，沈老夫人與沈芳菲說得清清楚楚。

想當年石磊的親外祖母也與沈老夫人在閨中是要好的，沈老夫人按照世俗眼光嫁了沈老太爺，與他生兒育女，看著他娶了幾個妾室，卻從來不曾忘了敬重她。日子久了，兩人的親情比愛情多，卻誰也離不開誰了。

但是石磊的親外祖母不走世俗的路，願意為了秦老太爺低嫁，為他打理後院，卻不願接受另一名女子。秦老太爺也曾說過只要有一個就夠了，但還是娶了別人。沈老夫人一想到此便有些傷感，情深不壽，慧極必傷，便是說她了。

沈芳菲跟著石磊從秦府進門，處處看到的都是石磊親外祖母的聰慧與閒趣，卻不料她精心的布置被另外一個女人奪了去，連她的親外孫，也差點間接喪命於那個女人的手上，至於秦老太爺？他算個什麼？年輕時候為了功名利祿娶了高門女子又不珍惜，老了又因為後妻而糊裡糊塗，這輩子堪稱悲哀。

秦家因為老夫人大壽熱鬧得很，一串鞭炮噼哩啪啦地響著，石磊與沈芳菲攜手進了門，見大堂上坐著一個穿著紅衣的老夫人，這位老夫人面色很是不錯，從輪廓來看，其年輕的時候一定是位美人。

這位老夫人出身庶女，當時在娘家是受了不少閒氣的，可是她會忍，又有兩、三分心機，終於攏住秦大人的心，不過再攏住秦大人的心，老夫人還是面上有些薄，細長且高的鼻子、高聳的顴骨，明明是老封君，該安享晚年的年紀，卻讓人感覺到刻薄之相。

石磊到了大堂，鞠躬後對秦老夫人說：「祝老夫人福如東海，壽比南山。」話裡話外，有不認秦老夫人為親外祖母的意思。

可是秦老夫人籌謀了這麼多年，怎麼可能被這點小伎倆弄得動怒了？她面不改色地說：

「叫老夫人太見外了，磊兒叫我外祖母便是。」

這和藹的架勢，讓不明就裡的人，還以為秦老夫人是石磊的親外祖母。

石磊的親生外祖母去得早，唯一的女兒又隨黎家去了，在大家心中的印象並不深刻。堂上的其他夫人都不知道這其中內情，以為石磊是秦老夫人的親外孫，對秦老夫人更加賣力奉承起來。

秦老夫人摸摸孫女的手，一臉得意地受了，並沒有任何不適之色。

讓在底下的沈芳菲不由得暗道，這秦老夫人，臉皮真厚。

第七十二章

秦老夫人受了其他婦人的奉承，像是想到了什麼，握著孫女兒秦語的手對石磊說：「磊哥兒，你看看你表妹，她聽說了你的英雄事蹟，一直吵著要見你呢。」

沈芳菲見秦老夫人如此殷勤地向石磊介紹這位秦語姑娘，面色不由得暗了下來。石磊聽了這話，只是淡淡地看了秦語一眼。

「母親家的姑娘自然是好。」

秦語聽見石磊如此說了，連忙將頭低了下來，做出一副小媳婦的樣子，讓沈芳菲心中一跳。

這秦老夫人真真不要臉，想要孫女複製自己的路，也要看看沈芳菲是不是那個好欺負的。

沈芳菲似是想到了什麼，笑著對秦老夫人說：「我們不僅是來拜壽，還是為了來拜見夫君的親生外祖母，另一位秦老夫人呢。夫君經常說，雖然我們的外祖母去世得早，但是秦府的一花一木，都是她親手栽種下，到了秦府一看，彷彿看見了那位外祖母的音容相貌。」

秦老夫人聽見沈芳菲如此說，恨得牙癢癢，她這輩子活著目的就是為了去除那位的印記，日子長了，大家當然忘記了那位溫柔賢慧頗有才名的原配，只記得她，可是在壽辰裡被人直白地說出來，叫她如何不生氣！

眾人聽了這話，不由得面面相覷，秦老大人有過一位原配夫人，他們是知道的，可是不料這秦府的一草一木都是她所設計，但當時他們誇秦老夫人頗有巧思的時候，秦老夫人可是笑著受了呢。一想到這裡，眾人看秦老夫人的眼光便有些奇異起來。

眾人的眼神有些刺人，秦老夫人臉火辣辣的疼，她強忍著不滿，笑著說：「之前的姊姊我也是很佩服的，可惜她紅顏薄命，去世得太早了。」

沈芳菲得到了想要的結果，閉了嘴，靜靜站在石磊身邊。

秦語見祖母受辱，眼眶一紅，退到了祖母身後，也不惦記那位冷漠俊逸的表哥了。

「表弟妹是第一次來秦府吧，我們府裡還有許多有意思的院子妳沒逛過呢，等會兒我帶妳逛逛。」

秦家的大媳婦說話了，她一向是個會看人臉色的，見秦老夫人皺了皺眉，便知道她不喜了，連忙將話題引到了其他地方。

「我剛進秦府就覺得十分喜歡呢，還請表嫂帶我逛逛。」

既然秦府厚著臉皮要攀這門親戚，沈芳菲也不能當眾給他們沒臉，見秦語退了，沈芳菲便順著秦家大媳婦的話說了下去。

沈老夫人的壽宴結束了，沈芳菲被秦家大媳婦帶去繼續逛園子，倒不是秦家大媳婦對沈芳菲一見如故，而是她要留下時間讓石磊去見秦老大人。

石磊順著小路進入秦老大人的書房，當年石磊的親外祖母怕夫君從屋子到書房路太長，太陽太毒，便使人做了一道長廊連接兩頭，如今長廊兩旁的藤蔓鬱鬱蔥蔥，但是伊人卻已不在。

石磊走進秦老大人的書房，對秦老大人鞠了一躬，叫了一聲：「外祖父。」

相比對他皮笑肉不笑沒有血緣關係的秦老夫人，石磊這聲外祖父還是有了幾分真心。

秦老大人見石磊一副恭敬的樣子，滿意地點了點頭，搖頭晃腦開始對石磊訓誡起來。

「如今你已經身為肅國公，自然要對皇上盡忠。」秦老大人說盡了場面話後，低聲說：「聽說你對你那位高門媳婦百依百順，其實我告訴你啊，女人是慣不得的。」

石磊本來洗耳恭聽秦老大人的話，不料他話鋒一轉，說到了自己的妻子身上，秦老大人的說法讓石磊十分不快，他低著頭對秦老大人說：「菲兒對我好得很，就如我的親外祖母對外祖父一樣，我不曾對她有任何不滿，我也不希望外人說菲兒什麼。」

秦老大人以為對這個外孫說了幾句真心話，會贏得外孫的心心念念，便乘機提出讓外孫提攜秦家後輩的要求。卻不料這個外孫竟說不希望外人說他媳婦的壞話，這樣的軟骨頭，成何體統？

「混帳！」秦老大人十分愛面子，從來不喜歡別人忤逆他，在家裡是說一不二的，如今被駁了話，不由得大動肝火。

以秦老大人這樣的性子，石磊的親生外祖母對他再好也是沒用的，因為身分低微已是刻在他骨子裡不能磨滅的痕跡，她高貴的身分時時刻刻提醒著秦老大人，自己是如何以卑微的姿態爬上來的。

石磊看出了外祖父的性子，不由得微微皺了皺眉。

秦老大人有些下不了臺，他摸了摸鬍子對石磊說：「你外祖父便是這個性子，你不要介意。」

身為後輩，石磊能說什麼呢？只能口中說著不介意罷了。

秦家大媳婦見時間差不多了，便帶著沈芳菲去拜見秦老大人，秦老大人見沈芳菲衣著華貴，一看就是精心搭配過的，便馬上想起了他的那位原配。對沈芳菲還沒有好感，便有了惡感。

沈芳菲為秦老夫人挑的禮都是讓人挑不出錯來的，不過別看秦老夫人力爭讓別人覺得頗有才情，但其真實品味與石母還真有兩分相像，看了沈芳菲準備的這些禮，不過是皮笑肉不笑地誇獎了兩、三分，便讓奴僕裝到了庫房裡。

秦老夫人在座上想起了沈芳菲提起石磊的親外祖母，倒是犯了她的忌諱，秦老夫人將孫女帶在身邊狠狠地說：「妳那表哥一看便是個有前途的，有機會，一定要讓他知道妳的好才是。」

「祖母放心，表哥剛剛還定定地看了我一眼呢，定是對我一見如故，只不過礙於那個貴女媳婦而已，若是讓我進了肅國公府，以後一定沒有她的好日子過。」秦語一改白日裡溫柔嫻淑的模樣，變得尖銳霸道起來。
秦老夫人讚許地點點頭。
「不錯，這才是我的好孫女。」

沈芳菲上了馬車，從馬車的窗簾縫裡看著騎在高頭大馬上的石磊，他面色有些晦暗。早先在去秦府的路上，石磊雖然不說，但是沈芳菲知道，其實他對秦府還抱了一絲絲期待的，卻不料在秦府裡，真正關心他的人都去世了，只剩下一群利慾薰心的人，等著雞犬升天呢。

石磊陰沈著臉到了肅國公府門口，見石父石母早已等在大門口，見他回來，兩雙眼睛期待地看著他，一顆躁動的心才恢復了平靜，這個世上，總還是有人關心他的。

「我聽說大戶人家的宴席很難讓人吃飽，我準備了我們在鄉下吃的麵呢。」石母搓著手，笑著對石磊說。

石磊去秦家，她確實放心不下，她比不上那個有才名的親生母親，但是她可以拍拍胸脯說，她對石磊的慈母之心是不會少的。

石磊聽了石母的話，拍了拍肚子。「確實餓了。」

他大步跨向大堂，只留下沈芳菲在後面扶著石母說著在秦府的見聞，當說到那位秦老夫人時，石母皺了皺眉頭，她在鄉下看這種惡毒的婦人看多了，沈芳菲雖然沒有說什麼惡話，但是石母知道，這秦老夫人，不是一個好對付的。

沈芳菲走到大堂門口，聞到了肉香，她見石磊正坐在椅子上大口大口地吃著麵，笑著說：「夫君也太過分了，這麼好吃的麵也不分給我吃。」

沈芳菲往往晚上吃得很少很清淡的，石磊看著沈芳菲有些奇異地問：「妳要吃？」

沈芳菲點點頭，丫鬟拿了碗幫沈芳菲裝了，沈芳菲嚐了一口。「真好吃，果然是娘親的拿手絕活。不知不覺，居然吃了一小碗。」

石母見沈芳菲這麼捧場，更加開心地說：「多吃一點、多吃一點。」

石磊看著這兩個人生中最重要的女子，不由得抿嘴笑了笑，他又何苦為那些沒有任何關係的人不開心呢？

自石磊與沈芳菲上了秦府之後，秦府自認與肅國公府就是親戚關係了，一般的宴席都會邀請沈芳菲，沈芳菲知道石磊內心對秦府的不喜，不重要的便全都推了。

秦老夫人看到沈芳菲如此不給面子，心中十分氣憤，但是她又不能直接槓上，只能遮遮掩掩地對秦老大人說：「磊兒的媳婦出身世家，可能對我們家的宴席看不上眼。」

這一說，果然戳到了秦老大人的痛腳。

「世家又怎麼樣？不說她祖父和父親全都退隱了，她嫁了磊兒，成了他的妻子，自然是以夫為天的！」

秦老夫人得到了想要的結果，得意地笑了笑，還要火上澆油說：「我是擔心磊兒被他媳婦拿捏了，最後仕途不順呢。」
秦老大人聽到此，雙眼一瞪。「她敢！」
末了，第二日下朝，秦老大人便將石磊叫到一邊，皺著眉頭對石磊說：「你那媳婦是怎麼回事？我們下了幾次帖子都不願意過來，難道她瞧不起你母家？」
石磊十分無奈，只能含糊地說：「我夫人確實很忙。」
秦老大人被石磊這話噎了一下，又沈聲說：「如今你貴為肅國公，實在無須事事都聽婦人之語。」
石磊聽到此話，心中不豫，便直言道：「我與菲兒情投意合，我從來都沒有委屈自己聽她的話，很多時候反而是她身為貴女，為我忍下許多不能忍的事情呢。」
秦老大人雖然覺得這個外孫身世淒涼值得他多關心，而且他如今的身分也能幫到秦家，只不過這外孫的想法與他十分不同，實在讓人可氣。
「石磊？」正當秦老大人與石磊僵著的時候，沈毅出現了。
石磊感激地對沈毅笑了笑，躬身說：「岳父大人。」
明眼人一看就知道，石磊對誰比較親近，不過，石磊覺得，與這外祖父在一起久了，他都要瘋了。
沈毅看著秦老大人，不大認可地搖了搖頭。
要說秦老大人這個人，運氣還真不錯，受到世家小姐的傾心相待，被提拔了一把，但是卻不料他自作孽，看上了出身教養都一般的庶女，失了世家小姐的助力。可誰知道他的女兒又嫁了皇帝的好哥兒們了呢？這好哥兒們還為皇帝去世了，偏偏秦家後來的那位繼夫人見識有限，將秦家的兒郎都養成了沒什麼才識的，皇帝就算要對他們好，也只能給一些閒職。

秦老大人看見沈毅，「哼」的一聲回了頭。

在他看來，沈毅已經將軍權交了出去，沒有了朝堂上叱吒風雲的本錢，不值得尊重以待。再加上，秦家這次押寶是押在了九皇子身上，與十一皇子身後的沈家本來便格格不入。

沈毅見過的人多得很，自然不會與秦老大人計較，只是笑著對石磊說：「雖然打擾了你們說話，但是皇帝正要找你過去呢。」

秦老大人聽說皇帝找石磊，自然不會再多說，浪費他的時間，只得放石磊去了。

最近，九皇子對秦家禮遇得很，只因為秦家對他來說，是一枚很重要的棋子，若是他能透過秦家影響到石磊，那麼他的身後就多了很大一股助力。

如今朝廷上的風向十分明確，大家都覺得九皇子是一位可造之君。

九皇子聽了，心中得意，但表面上卻愈加謙遜，讓朝上大臣對他的好感又加深了一層。

大臣們在明面上都覺得九皇子不錯，皇帝心中卻不高興了——我還沒死呢，你們就覺得九皇子文武雙全，舉世無雙，是恨不得將他拱到我的皇位上？

每個皇帝都希望自己有優秀的兒子，卻不希望這優秀的兒子能超越自己。皇帝一天一天地老去，環顧四周，都是威脅。

連他的臣子都選了最好的對象，他一去世，大梁朝便後繼有人了！皇帝想到此，心裡酸溜溜的，又覺得九皇子居心不良，若不是他裝成一副賢明的樣子，大臣們怎麼可能會覺得他好呢？

皇帝雖然面上如常，但是心裡對九皇子的印象，一落千丈，不過他的兒子實在不多，他也不願意不給九皇子面子。

臣子既然喜歡九皇子，那麼皇帝便將十一皇子推了出來。

今天帶著十一皇子視察京畿，明天又將年輕時的墨寶賜給十一皇子，這一舉一動，充滿濃濃的父愛。

眾人看著，有些搞不懂了，皇帝難道是屬意十一皇子繼承皇位？可是十一皇子資質平庸，恐怕難撐大局啊。

只有淑貴妃知道，皇帝正是在利用十一皇子跟九皇子打擂臺呢，即使擺出一副不爭的樣子，但皇帝還是將十一皇子拖下水了。

第七十三章

天氣晴朗，沈芳菲理了家事，便回了娘家探望家人，她與沈夫人說了一會兒，便來到了榮蘭房裡，此時，榮蘭正在逗弄著兒子，一臉幸福。

榮蘭在沈家危難之時，拒絕了南海郡王妃接她回家的要求，帶著懷孕的身子硬是守在沈家，沈于鋒回來之後，對榮蘭自然又愛重又感激，指天發誓說一定會對她好。

沈芳菲坐到榮蘭旁邊，覺得榮蘭比起少女時，圓潤華貴了不少。

她看著與沈于鋒十分相似的小姪子，也懷著好奇心戳了戳他肉肉的小下巴，小姪子看見陌生人正要哭，又被榮蘭哄了下來，只睜大了一雙黑葡萄似的眼睛盯著沈芳菲看。

沈芳菲笑著對榮蘭說：「這孩子真是像我哥哥。」

「可不是，母親都說簡直是一個模子刻出來的呢。」

沈于鋒得了這個兒子十分寶貝，只要一有空便回來陪榮蘭兩母子，榮蘭說起兒子簡直是眉眼都帶著笑。

沈芳菲看見榮蘭如此幸福，又想起上一世她生無可戀的樣子，不由得甩了甩頭，前世的那些已經煙消雲散了，人總要向前看才是。

姑嫂倆正聊著，荷歡走了進來，一臉為難地看著沈芳菲，榮蘭問道：「妳還有什麼可顧忌的？有什麼話，跟妳家姑奶奶說呀。」

沈芳菲點了點頭，對荷歡說：「嫂子不是外人，有什麼話大可以放心說。」

「秦老夫人到了肅國公府，如今正在等著您呢。」荷歡脫口而出，顯得有些急。

「什麼？」沈芳菲驚呼，一般親戚之間的走動都會先遞帖子通知對方一聲，這秦老夫人倒好，不請自來了。

她無奈地搖了搖頭，站起身來對榮蘭說：「不好意思，我要回去了，嫂子。」

榮蘭看到沈芳菲如此，心中對那不懂規矩的秦老夫人十分不喜，嘮叨著說：「母親還吩咐為妳做了最喜歡的菜呢。」

沈芳菲笑說：「只能下次來了。」

說完，便急急地回去了。

沈夫人見女兒走得匆忙，連忙招榮蘭來問：「這是怎麼了？」

「呵，聽說石磊的繼外祖母不請自來了。」榮蘭對沈夫人說道。

她心中對秦老夫人十分不屑，沒撫養過人家一天，也與人家沒有半點血緣關係，倒把自己當根蔥了。

「菲兒不會受委屈吧。」沈夫人擔心地說，她本覺得石磊雖然沒什麼背景，但是沒有幾個糟心的親戚也挺好的，卻不料這秦家突然就冒出來了，還一個一個都不是省油的燈。

「妹妹是母親教養出來的，怎麼會受委屈？」榮蘭笑著說。「還請母親放心吧。」

沈夫人點點頭，女人在婚姻中受不受委屈，要麼是看男人的心偏向哪邊，要麼是看娘家厲不厲害，沈芳菲兩樣都占全了，秦家想給她臉色看，還真要先掂量自己有幾斤重。

秦老夫人不請自來，當然是為了給沈芳菲下馬威，卻不料她帶了心愛的孫女去了肅國公府，卻撲了個空——沈芳菲回娘家了。

「哪有出嫁的人老是回娘家的？」秦老夫人氣憤地對秦語說。「妳這個表嫂，太囂張了！」

秦老夫人坐在大堂上氣勢洶洶地說：「堂堂肅國公府居然都沒有人來迎客？」

管家的冷汗流了一背。

「我已經叫小廝去通知我們家夫人了。」

「哼。」秦老夫人冷哼了一聲。

這一哼，得罪了管家。

這位老夫人不是覺得自己是名門嗎？對肅國公府要求這麼苛刻，可是自己不請自來又是怎麼回事？一來到肅國公府就擺出一副老太君的樣子給誰看？還怕別人不知道她不是肅國公的外祖母？

管家雖然這麼想，但是面上對秦老夫人還是畢恭畢敬的，不過就算叫小廝通知沈芳菲，這來去都有一個時辰的路，莫非秦老夫人是想在這裡坐上一個時辰？

秦老夫人出其不意來到肅國公府，是想看看沈芳菲在家裡做些什麼，若是她有不當之處，她還可以仗著外祖母的身分擺擺架子，卻不料這沈芳菲居然不在。

秦老夫人被晾在肅國公府，走也不是，不走也不是。

「這位是？」正當管家擦汗的時候，石母居然來了，她當然知道秦老夫人是誰，不過卻裝作一副不認識的樣子。

平時肅國公府的客人很少，來的也是那些武將，脾氣十分豪爽，只要好酒好肉伺候著，便心滿意足。

可是來的這是主人的外祖母，便……管家見男女主人都不在，實在無法，先是派人去通知沈芳菲，又去了石家父母的院子，將這事細細說了。

石家父母雖然不曾對外應酬過，但是跟著管家學了不少大戶人家的規矩，知道這秦老夫人居然沒有下帖子就來了，只怕是來者不善。

「我是肅國公的外祖母，妳又是誰？」

秦老夫人看著一個婦人，穿著青綠色綢緞，頭上戴著的頭面，金色耀眼得都要閃瞎了別人的眼睛，不由得皺了皺眉頭。

「我是磊兒的養母，您請坐。」石母在鄉下可不是吃素的，當時三皇子也沒從她手中占過什麼便宜，何況秦老夫人？石母一句輕飄飄的磊兒，與秦老夫人口中的肅國公，親疏立現。

秦老夫人見這夫人的指節粗大、皮膚粗糙，知道她的身分不高，便拿起桌上的茶，以優雅的姿勢品嚐著，她想著這婦人看到她這模樣，一定會自慚形穢吧。

卻不料石母疑惑地看了看她，又轉頭問管家道：「磊兒的外祖母不是去世了嗎？怎麼又來了一個外祖母？」

這句話說得管家心中偷笑暗暗說好，而秦老夫人則將茶杯狠狠地放在桌上，發出了清脆的響聲。

石磊和沈芳菲平時在府裡對石家父母如何，管家是看得到的，在他看來，石母比秦老夫人重要多了。

「回夫人，這位秦老夫人是主人的繼外祖母呢。」

「喔，繼外祖母，請問您有何貴幹？」石母一臉誠懇地問道。

這位夫人，簡直是粗鄙不堪！堂堂的肅國公，怎麼能認這樣的人做母親？秦老夫人心中暴怒。「就算我是肅國公的繼外祖母也比妳師出有名！」

石母聽到秦老夫人如此說，露出泫然欲泣的表情。「您怎麼能這麼說？若不是我一口飯一口水地將磊兒養大，你們哪來這麼優秀的外孫呢？當初黎府遭了難，你們有沒有想過救救磊兒呢？」

石母這話戳到了秦老夫人心窩，她乾咳了一聲。「當時天子一怒，旁人是無能為力的！」

口中盡是石母過於無知的意思。

石母的本意也不是要與秦老夫人討論這個問題，便也揭過了。

石母的各式問候十分刺秦老夫人的耳，秦老夫人要面子，又不能與石母爭吵，只能帶著孫女兒匆匆離去。

待沈芳菲回府的時候，秦老夫人已經走了，只見管家用一種崇拜的目光看著石母，便知有事發生。

「這是怎麼了？」沈芳菲問道。「秦老夫人……？」

「媳婦兒，妳不知道，我幾句話便將那個老夫人堵回去了呢。」石母十分得意地將來龍去脈講了一遍，講完後，石母又覺得自己圖了一時痛快，卻會為兒子帶來麻煩，又憂心地問：「我這樣會不會給磊兒添麻煩？」

「怎麼會？」沈芳菲安撫地摸了摸石母的手。「夫君建了這麼多軍功，可不是讓咱們受委屈的。」

石母聽了此話，心中十分滿意，笑咪咪地說：「那下次她再來，我繼續問候她。」

石磊下了朝，見小廝早已在家門口候著了，小廝見石磊出來，連忙三步做兩步奔到石磊身邊，在他耳邊悄悄說了。

「她來做什麼？」石磊皺著眉，加快步伐往家中走去。

小廝有些跟不上石磊練家子的步伐，只得小跑跟著主子。「張管家當時已經派人去接夫人回府了。」

石磊無奈地搖搖頭。

待石磊回到家，看見的卻是沈芳菲與石母說笑，他不由得鬆了口氣，低聲問：「秦老夫人來了？」

「來了呢，我還與她聊了一番呢。」石母見兒子擔心的模樣，心中十分欣慰，她捏了一口糕點吃，又對沈芳菲說：「這種人我見多了，老是拿著禮義廉恥去要求別人，其實自己骨子裡是爛透了的。」

沈芳菲捂著帕子笑了笑，石母的話雖然粗，但是卻很在理。

秦老夫人回了府，心情可不那麼愉快，她做久了老封君，大家都是捧著她的，她那小心翼翼的庶女性子，便有些自大張揚起來。

等秦老大人前腳邁進了府，她後腳便跟進了書房，低聲假哭起來。

「我想著磊兒府裡只有他們一對小夫妻，並無長輩，便想著上府去幫襯他們一二，卻不料磊兒的夫人一早便回了娘家，在府裡接待我的居然是磊兒的養母。」秦老夫人拿帕子擦了擦眼淚，輕聲說道。

「什麼？磊兒的養母接待了妳？」秦老大人有些不敢相信，堂堂肅國公府，居然要一介農婦來接待外人，這成何體統？

「那婦人還說只認磊兒的親生外祖母，不認我呢。」秦老夫人委屈道。「我沒有撫育過他，磊兒對我不親厚也應該，但我害怕若是有人成心挑撥肅國公府與秦府的關係，那就不好了。」

秦老大人剛在九皇子面前，拍了胸脯保證一定要讓石磊站在九皇子身後的，現下絕不能讓事情敗壞，他聽見秦老夫人這麼說了，心情十分不豫，心想那女人的外孫果然就不討人喜歡。

兩人正說著，小廝進來對秦老大人說肅國公來了。

秦老夫人心中一突，不動聲色看了看秦老大人，秦老大人滿是厭惡之色，這是來幹啥？為了養母來問外祖家的罪？

石磊大步走了進來，對秦老大人說：「外祖母實在來得匆忙，一張帖子也沒寫，我們府中實在是招待不周，我內人內心不安，於是委我準備了這些禮送了過來。」

秦老大人本來心中暗暗怪責石磊，卻不料自己的老妻連帖子也沒有給便施施然去了，這等行為也是不合禮數的，她這是想幹什麼？

秦老夫人看見丈夫的眼神，便知他起了疑心，只能強顏歡笑地對石磊說：「你外祖母是那樣小氣的人嗎？還不快快將這些禮收起來。」

石磊派人將這些禮送了，秦老大人心中十分舒暢，若是石磊上門來問罪外祖母為何不給帖子就上門，他的一張老臉自然掛不住。但是石磊上門道了歉，他覺得這個外孫心中還是有他的。

秦老大人對秦老夫人使了一個眼色，叫秦老夫人出去，秦老夫人不甘地頓了頓，走出門去。

石磊之所以會去秦家，是沈芳菲的主意。

若是石磊不上門將事情說清楚，只怕那位秦老夫人又要顛倒是非了。

雖然肅國公不怕秦家，但是與外祖家鬧翻了，畢竟在世人眼中不好看，她幫石磊準備了許多禮物，便讓石磊上秦家門去。

秦老夫人離開後，秦老大人一雙老眼盯著石磊瞧，久得讓石磊以為自己臉上有東西的時候，才低聲說：「你認為九皇子、十一皇子之中，哪位是真龍？」

石磊聽到此話，心中十分不快，他一直都只忠誠皇帝，怎麼可能在這個時候表態。「無論是九皇子也好，十一皇子也好，只要以後他們登了基，我都會忠誠於他們。」

秦老大人聽見石磊說的是官場上的那套話，心中十分不快，他將手擺了一擺。「我問你這個問題，不是要聽你這些虛話的！」

石磊打斷了秦老大人的話，粗聲說：「外祖父不要妄言。」

第七十四章

一句話堵得秦老大人說不出話來，他本想將九皇子的許諾與外孫說了的。外孫的岳家是十一皇子的有力支持，莫非石磊已經暗投了十一皇子？

秦老大人細細推測，不由得對沈芳菲和沈家產生了怨恨，自己要跟著十一皇子那條路走到黑就算了，還要拉上他的外孫！九皇子可是承諾了，若是石磊站在他身後的話，他就許秦家一個貴妃，並賜秦家一個爵位。

秦老大人又語重心長地對外孫說：「只忠於皇帝是不夠的，若是在皇帝是皇子的時候鼎力支持，才能獲得皇帝看中，十一皇子雖然背靠大樹好乘涼，又深得聖上喜歡，可是自古立帝都是只立賢的，若你現在幫了九皇子，日後的榮華富貴可以說是享之不盡了。」

「我帶著京城的兵，又領著肅國公的爵位，為什麼要拿這些實有的去支持虛妄的東西？」石磊看著這個自私的外祖父，怒極反笑。「只怕九皇子已與外祖父許諾，若得到我的支持，將給秦府不少好處吧。」

「說什麼呢？我都是為了大梁好！大梁有明君統治，我們才能走上巔峰。」秦老大人暴喝一句，只是那語氣裡包含著無數的心虛。

「我奉勸外祖父一句，不要捲入奪嫡的禍端，免得秦家萬劫不復。」石磊淡淡地說。

秦老大人聽了此話，抬起手顫抖地指著石磊說：「你居然敢威脅我？」

「這不是威脅，這是建議。」石磊低了低頭，對秦老大人說：「既然我歉禮已經送到，那便告辭了，外祖父請好好休息。」

秦老大人聽了這話，半天回不了神。

九皇子聽了秦老大人的話，細細地對秦老大人分析道：「石磊不願意站在我這一邊，最終原因還是他娶了沈家的女兒，若他沒有娶沈家的女兒，我們必然是最好的盟友。」

九皇子說完，狀似可惜地嘆了一口氣，他心中早已料到，以秦老大人的野心與愚笨，必然會想著法子在石磊與沈芳菲之間作怪。

那麼這「情比金堅」的一對，還會如此恩愛嗎？九皇子期待地笑了笑。

秦老大人還沒有出招，秦老夫人倒先出招了，她思前想後了半天，將沈芳菲招到跟前說：「妳嫁入肅國公府也半年了，怎麼連一點喜信都沒有？莫非是……？」

秦老夫人沒說話，只是一雙眼睛盯著沈芳菲的肚子。

沈芳菲坐在椅子上覺得十分無奈，這麼一大早將她請過來，就是為了談她與石磊的子嗣問題？與其關心一個毫無血緣的外孫，還不如關心下自己的孫子、孫女呢。

「我在出嫁前，母親已經請大夫幫我看過了，我一切都很正常，沒有喜信，只是緣分未到而已。」沈芳菲裝作十分恭敬地對沈老夫人說道。

「一切都正常？」秦老夫人重複了沈芳菲的話，玩味地笑了笑。「我這個外孫是個命苦的，還在襁褓時，父母就沒了，如今在這天地除了外祖家，便再也沒有心疼他的人了。妳這個做妻子的，不急著為他開枝散葉，反而阻攔著他不准納妾，成何體統？」

秦老夫人這話說得擲地有聲，一副問罪的模樣。

呵，來了。

沈芳菲聞言，誠惶誠恐地站了起來。「外祖母這話太令我傷心了，我當然是有心與夫君開枝散葉的，只是……」

「只是什麼？」秦老夫人咄咄逼人。

「只是我與夫君二人心心相印，容不下第三人罷了。」沈芳菲如是說道。

「容不下第三人？」秦老夫人心中冷笑了一聲。「善妒就是善妒，何必說夫君的心都在妳身上呢？磊兒長期在外練兵，妳把持後宅，他身邊當然需要一個知冷知熱的人。」

秦老夫人將秦語叫上前來。

「妳表妹是個好的，妳便帶她過去，幫幫妳吧。」

「表妹以後要成婚的，自然要學會如何管理後宅，可是我這小小的宅子，怎麼能浪費表妹的時光？」沈芳菲牽住了秦語的手，卻不順著秦老夫人往她的意思去說。

秦老夫人正要發怒，卻被秦語按住了手。

這沈芳菲實在是太難對付了。

沈芳菲態度強硬，秦老夫人不再正面找她麻煩，而是將她一狀告到了陳妃那兒。陳妃是皇帝後宮的新寵，剛誕下一子，又聯合了九皇子，正是呼風喚雨的時候。

陳妃誕下一子後，皇帝彷彿找回了天倫之樂，九皇子對他有威脅，而他表面上寵著十一皇子，但仍是有防心，只有這個小娃娃的純真與潔白，才能讓他感受到天倫之樂。

這一天，皇帝如常來到陳妃寢宮，才剛坐下，陳妃就說了——

「上次肅國公的外祖母來找我說話了呢。」

「哦？來說什麼了？」

皇帝聽陳妃說了秦家，語氣淡了幾分，但是卻沒被陳妃察覺到。

陳妃新入宮，年紀不大，尚未感受到皇帝對秦家的冷淡，還以為秦家是那個皇帝極重視的秦家。

「秦老夫人說肅國公夫人因為出身貴女，所以對肅國公的親戚不大尊敬呢，她嫁過去半年沒有懷孕便罷了，連妾也沒讓肅國公納一個。」陳妃小心翼翼地說完，又借機提了一下自己。「若是臣妾，巴不得夫君擁有多一些妾室，好開枝散葉呢。」

「秦家這是什麼意思？難道外孫的事他們也要管？我聽說他們的孫子之前在大街上縱馬踩傷了人吧？」皇帝聽到秦家就心中一陣不快。「肅國公不納妾是像了他父親，當年他父親可是都只守著秦家女一人，怎麼沒見秦家站出來讓子亭納妾？此一時彼一時罷了。」

皇帝揮了揮袖，示意陳妃別說了。

陳妃不料幾句話便捅了皇帝的馬蜂窩，不過她還是有幾分小聰明，便輕飄飄幾句話將責任推到了秦家人身上。

「說起來，黎大人的事我都不大清楚了，反而聽了秦家人的一面之詞，臣妾實在是慚愧。」

皇帝皺眉想了想，為了給石磊一些面子，他沒有大辦秦家，想著將秦家晾到一旁，自然會老實一點，卻不料秦家為了將孫女塞進肅國公府，連讓宮裡出手的法子都想出來了。

皇帝沈思了片刻，便起身離開，前往淑貴妃寢宮。

以皇帝對秦家之前的寬容，陳妃以為賣秦家一個好是輕而易舉的事，卻不料秦家似乎在皇帝心中不算什麼了。

陳妃沈吟了片刻，叫來一個內侍，在他耳邊說了幾句話，讓他傳給了九皇子。

皇帝來到淑貴妃宮中，淑貴妃正興致盎然地欣賞一幅新得手的山水畫。皇帝見淑貴妃從容的模樣，心中喜歡，若不是他放心不了十一皇子，這個皇后的位置，早是淑貴妃的了。

「我今日去了陳妃那兒一趟，她說秦家抱怨沈家貴女霸著肅國公不放呢。」皇帝看著淑貴妃對自己行了禮，如此說道。

淑貴妃與沈家算是姻親，且當年這位沈家貴女與三公主情同手足，淑貴妃一向十分喜歡沈芳菲。

果不其然，淑貴妃聽皇帝這麼說，將畫放下來，皺著眉說：「肅國公雖然為黎大人之子，但是在鄉野中長大，並無受過禮儀教養，要娶沈家小姐還是差了一大截的。秦家現在這樣，又是什麼意思？」

皇帝點了點頭。

「所以我來找妳拿主意了。」

淑貴妃嗤了皇帝一聲。

「這難辦的事您都來找我了？」

皇帝笑著說：「我這不是留個機會給妳，讓妳幫沈家小姐出頭嗎？」

一個皇帝怎麼好意思拿納妾的事與臣子家計較？只有淑貴妃出面才好，而且若石磊納了妾，讓沈家不滿，沈毅將軍權收回來怎麼辦？他還準備分化沈家的權力呢。

此事對淑貴妃並不難，她以皇帝的名義賜給秦老大人幾位美人，言稱秦老大人為大梁付出良多，賞賜幾個美人也是應該的。

秦老大人得了皇帝所賜的美人，笑得合不攏嘴。

這可是帝寵啊，皇帝送的美人個個嬌滴滴的，秦老大人樂不思蜀，而秦老夫人又不好對她們下手，一時之間，在後院忙得焦頭爛額，壓根兒沒時間再去管石磊的事。

至於秦語則被淑貴妃叫進宮裡，讚嘆了一番，指給了某位官員做繼室。

這婚指得不算太差，官員官職不低，但是也不算太好，他人到中年，兒子已長成，聽說還有一個受寵的妾室，秦語要站穩腳跟，還需要籌謀不少時間，等她站穩了，恐怕也不記得當年對石磊的癡心妄想了。

淑貴妃指了這場外甜內苦的婚，秦老夫人抱著秦語哭了一場，幾度進宮想要陳妃斡旋此事，都被陳妃躲過去了，陳妃支支吾吾地與秦家傳話，說只怕得罪了某位大人物，無法幫忙。

秦老夫人想起沈家與淑貴妃之間的關係，咬著牙痛聲說：「這位貴女好生派頭，將淑貴妃這尊佛搬了出來。」

她想不到陳妃口中的大人物是皇帝，只想著在宮中能壓著陳妃的人屈指可數，淑貴妃便是一位了。

九皇子從陳妃那兒知道皇帝厭棄了秦家，但是並不介意給石磊多添點堵，只派人跟秦老夫人暗示，說給秦老大人賞賜美人的事，都是淑貴妃一手操辦的。

恨得秦老夫人將一套上好的茶器砸碎了。

皇家的耳光打得又狠又準，讓秦老夫人消停了許多。

秦老夫人消停了很多，那麼沈芳菲的日子便好過了許多，她抽了時間進宮，以謝謝淑貴妃對她的愛護。

「秦家到底是我夫君的外祖家，很多事，也只能我們讓著他們呢。」沈芳菲見淑貴妃慈愛，不由得說出了自己的煩惱。

「那有什麼？」淑貴妃無所謂地笑了笑。「我聽說肅國公親外祖母的大哥要從江南回來述職了，妳可以與他們親近親近。」

沈芳菲點了點頭。「還是淑貴妃娘娘心思細膩，我都忘了我們親外祖母是出自大族呢。」

「皇帝欲留一位外放大臣在京城，我相信妳這位舅姥爺年事已高，一定是想留在京城安享晚年，並為兒女們討得一個好前程的。」淑貴妃笑著說。「其他的就看你們的了。」

沈芳菲感激地對淑貴妃點了點頭，若是有親外祖母的娘家人在，定能遏制住秦老夫人，就算肅國公府與秦府撕破了臉皮，還有人幫他們說話呢。

石磊的親外祖母家姓任，當年在京城算是高門了，但是因為他們得罪了先皇，自請去了江南。

說起來，任家也是個聰明的，江南富庶，去了那兒也不吃虧，在那兒經營了不少年，早已成了土皇帝。

對任家有嫌隙的先皇早已去世，任家的這位舅姥爺回到京城，也是存了試探的心思，畢竟沒有一個家族不想在京城站穩腳跟的。

任老太爺走了不少水路，站在城門口讚嘆。「我終於回來了。」

他少年時在京城長大，猶記得當年恣意逍遙，鮮車怒馬。卻不料得罪先皇，只能自請下江南，從此以後，他便擔負了家族的重任，只可憐他的小妹，在京城裡受盡了白眼狼夫君的氣，鬱鬱而終。

當時的任家遠在江南，無法為小妹撐腰，只能聽說秦老大人又娶了新人，任老太爺憐惜妹妹在秦家的血脈，送了不少東西給秦家，在這其中，也有警示的意思。

卻不料，這妹妹的唯一血脈居然因為黎家而斷了。

任老太爺心中又恨又痛，夢裡全是妹妹小時候跟在自己身後叫哥哥的畫面，幾次都在夢中驚醒。

任家遠在江南，對京中的時局卻了解得格外深刻，任老太爺打探到皇帝如今身邊炙手可熱的便是妹妹的親外孫，但是卻不想去攀關係。

任家在江南雖然成了土皇帝，但是在京城的勢力卻幾乎沒有，若是此時貿然去認小妹的血脈，反而有攀龍附鳳之嫌。

第七十五章

任老太爺剛站了一會兒，便看見旁邊有幾輛黑色馬車，看其裝飾便知是富貴人家才有的，他瞥了一眼，並沒有關注。

那馬車旁邊的小廝卻走了過來，鞠躬說道：「任大人萬安。」

「哦？」任老太爺不料自己遠離京城這麼久了，還有人記得自己，他不知道這位小廝是誰家的，便笑著問：「請問你是……？」

「您看我這記性，都沒報自己是哪兒的呢。」小廝輕搧了自己一個耳光。「我是肅國公府的呢，特地來接您的。」

肅國公府？任老太爺有些遲疑地看向馬車。

小廝又笑著說：「我們夫人本來要親自來迎您的，可是最近淑貴妃想念三公主，又臨時將我們夫人叫進宮了呢。」

任家離京城太遠，只知道這位甥孫兒娶了一位貴女，卻不知道這位貴女手段如此通天。

見任老太爺面色凝了凝，小廝又熱情道：「夫人聽說，您還帶了幾位女眷來京城，特地叫小的準備了幾輛馬車，要讓我們今日好好將您送回府，她改日再和我們大人一同來拜見。」

任老太爺聞言，面色不由得柔和起來。

「你們夫人有這份心便是好的。」

他回頭對自己的小廝說了，小廝跑了過去對馬車上的女眷們說了。

任老夫人帶著孫女與兒媳婦上了沈芳菲準備的馬車，他們舟車勞頓，沈芳菲準備的馬車格外舒服，一旁的小丫頭分別為任老夫人、其孫女、兒媳婦準備了花茶，可見沈芳菲對幾位的口味都打探過了。

任老夫人喝了花茶頓時唇齒留香，還沒見過這位肅國公夫人，便對她有了三分好感。

其兒媳婦看著馬車內的裝飾。

「肅國公夫人真是位蕙質蘭心的。」

小丫頭能被派到馬車上伺候任老夫人一行人，說明她是個機靈的，她捂著嘴笑說：「我們夫人天天念著您們呢，我們大人對自己的親外祖母、母親的巧思與情趣十分讚嘆，夫人說要是什麼樣的家庭才能養出這樣的人兒來？今日奴婢一見，可算是明白了，什麼叫做天生的氣派。」

任老夫人本也是聽慣了奉承的，可是這話從小丫頭口裡說出來，讓她心裡格外熨貼。她本不想來京城的，在江南奉承她的人不知道有多少；可是來了京城，她又算得上什麼？如今肅國公夫人雖然沒有親自相迎，可是派了人和車來，也說明了不能來的理由，讓她的心撫平了不少。

馬車上有一扇小窗子，任老夫人的孫女兒任琪十分好奇地盯著京城景致，小丫頭立刻為任琪介紹京城的好去處，聽得她一雙眼睛閃閃發光。

然而任老夫人的媳婦任夫人一雙眼睛擔憂地注視著女兒，她的一雙兒女都跟著丈夫來到京城，本來她想將女兒嫁給江南大家，可是聽公公的意思，是要將她的一雙兒女都在京城聯姻。

任夫人是江南女子，在江南做個貴婦人已經很滿足，她完全不能理解公公一定要回到京城的心。可是在任家，公公的話一言九鼎，她只好跟著丈夫來到京城，一路上，她與她可憐的女兒都不知道吐了多少次。

小廝將任家人送到任府門口，任府的老僕人們已經都淚汪汪地在門口等著了。

任老大人一到門口，便有一個蒼老的管家迎了過來，大聲喊著：「少爺！」

任老大人轉眼一看，居然是他當年的陪讀，當年他們關係很好，可是因為任家要下江南，必須留一家忠心耿耿的奴僕守住大宅，才將他們家留了下來。

分別的時候還是少年，當再次相逢的時候，已經是白髮蒼蒼了。

「俊哥兒，我們都老了。」任老大人看著兒時玩伴感嘆道。

「我還以為我這輩子都見不到您了呢。」老管家擦著眼淚說道。

一時之間，任老大人也有了擦眼淚的衝動，他望著任府大門揚聲道：「不走了，我們不走了。」

小廝將任家人送到任府後，笑嘻嘻地收了任府給的小錦袋，開心地回去了。

他與沈芳菲回報的時候，笑說：「夫人真是神機妙算，任府果然給了我一個小錦袋，裡面全是銀子呢。」

沈芳菲笑著說：「便宜你了。」

這位小廝十分機靈，對沈芳菲說：「我說到肅國公的時候，任老太爺面上十分懷念，聽任府的老僕人說，任老太爺與咱大人外祖母感情十分深厚呢。」

那位小丫頭見小廝說完了，也笑著上前說：「任老夫人給了我一顆珍珠呢，她是真真和善的人，我見著任老夫人只怕想給孫女在京城尋一門親事，說起這位小姐，也是極其標緻的人呢。」

沈芳菲笑著點頭。

「江南的風水最為養人，這位任家小姐一定風姿綽約。」

待任家安頓完畢之後，石磊便帶著沈芳菲上門了。

其實石磊長得與外祖母並不相像，可是任老太爺一看他，便覺得熟悉。

任老太爺對外十分冷硬，但是看到石磊，卻拍著他的肩說：「我能見到小妹的血脈，總算在地府見到小妹能不自責了。」

言語之中，盡是傷感。

石磊見任老太爺言語真摯，不像在作戲，也動容地叫了一句：「舅姥爺。」

任老太爺十分欣賞這位甥孫兒，便帶著他在任府走了一圈，告訴他以前任府發生的事，石磊聽得十分耐心，讓任老太爺感嘆，要是這位甥孫兒，是任家的子孫便好了。

石磊與任老太爺說了自己的經歷，任老太爺嘖嘖稱奇，說老天保佑才為自己的小妹留下一條血脈。

任老太爺與石磊說了不少小妹與石磊親娘的事，石磊聽著老太爺說著，雖然沒有見過親外祖母與母親，但是心中竟無比親切。

「石家夫妻對你恩重如山，你要好好待他們。」任老太爺鄭重道。

石磊聽了這話，覺得與任老太爺所見略同，然而秦家那位老大人卻認為給他們一點錢打發得遠遠的不就得了。

從秦老大人對待石家父母的態度，就可見他的涼薄心性。

「你是我小妹的親外孫，我也不藏著掖著了，我回了京城，小妹身邊的老僕告訴我，小妹的遺願便是葬回任家墓。」

任老太爺對石磊十分欣賞，其性格直爽，也不愛與人繞彎子。

「既然是小妹的遺願，我必然要與秦家爭一爭的！」

在大梁朝，女子葬回母族的事不是沒有，可都是因為夫家太過衰弱才這麼做，任家若如此做，簡直是狠狠抽了秦家一個耳光。

「你是我妹妹的親外孫，也是秦家那老大人的親外孫，此事若讓你為難了，你千萬不要怪罪你舅姥爺。」

石磊聽了此話，搖了搖頭。

「此事我怎麼會怪罪舅姥爺呢？」

他想了想，將當年母親想將自己送回秦家，卻被拒的事與任老太爺說了。

任老太爺聽說此事，氣得將枴杖戳在地上噔噔地響。

「他們就是這麼對我那可憐的外甥女的？我小妹必從秦家墓裡移出來不可！」

沈芳菲陪著任老夫人坐在一邊，那文風不動的坐姿，便讓任老夫人暗中讚賞，這通身的氣派在江南裡沒有一個女子能比得上的。

任老夫人是江南女子，卻十分崇拜任老太爺，任老太爺作的什麼決定，第一個站出來支持的便是任老夫人，但是卻對這次回京城的行動十分不解，留在江南不是挺好的？

可是來了京城，看到沈芳菲這樣的女子，任老夫人才覺得自己以前簡直是坐井觀天，她略微理解了丈夫的決定，這裡的人和事，都是最好的。

任老夫人與沈芳菲聊了一陣子，又瞥了自己的媳婦一眼，見媳婦面露焦急之色，心中嘆了一口氣，將孫女兒叫到身旁對沈芳菲說：「這位是我的孫女任琪，也算得上是磊兒的表妹了，她本在江南能說一門不錯的親事，可是卻被上京城的事耽擱下來了，還麻煩甥孫媳婦多多費心了。」

沈芳菲聽見任老夫人這麼說，向前走了兩步，仔細打量著任琪。

「好一個標緻的人兒，剛剛我與舅姥姥說話的時候，一雙眼睛忍不住往這邊看呢。」

聽見沈芳菲如此誇讚自己，任琪紅了臉。

「表嫂過譽了。」

沈芳菲的話是真心的，比起秦家那位不知輕重的表妹，這斯文秀氣的表妹更得她的喜歡。

她從腕上取下一個鐲子，往任琪腕上套。

「表嫂來得急，也沒有為妳準備什麼，妳就先收下這個鐲子做見面禮吧。」

哪裡沒有準備禮物，肅國公府可是拖了一車禮物過來呢。沈芳菲如此，只是更顯與任琪親近罷了。

任夫人見沈芳菲如此好說話，鬆了一口氣，也笑著說：「琪兒初來乍到，還不懂規矩，請菲兒多多教她呢。」

沈芳菲點點頭。

「放心吧，改明兒我姊妹們的花宴、文席，我都帶表妹過去，這些小姐們，都是我認得多年的。」

任琪聽了這話，面露喜色，她還怕融不進京城的圈子呢，卻不料沈芳菲如此大方。

任夫人聽了這話，連聲感謝，要知道沈芳菲圈子裡的小姐，一定都不是一般的人物。

「說起來，我們任家與秦家也算得上姻親了，不知道這秦老夫人的性格如何？我好上門拜訪一番。」

沈芳菲答應帶著自己的女兒進京城的貴女圈，任夫人卻不忘自己婆婆的叮囑，欲打探一下肅國公府與秦家的關係。

她公公因為親妹妹一事，對秦家十分憤恨，揚言要找秦家的茬子，可是秦家在京城經營多年，任家還真不一定能給他們顏色看看。任老夫人十分擔心，便讓兒媳婦探探沈芳菲的口風。

沈芳菲心中一跳，面上仍笑道：「我對秦老夫人並不大了解，只不過我覺得她有些糊塗，居然要她的孫女兒來沈府管家。」

任琪聽到沈芳菲口中說著秦表妹，有些好奇地抬起眼睛。

外祖家的孫女，想跑到外孫的家裡學理家，這是什麼道理？莫非是秦家想將孫女塞進肅國公府？這手段，也太低劣了。

不管石磊對秦家觀感如何，但是秦家把石磊的這位寶貝夫人得罪了，那只怕石磊對秦家也不甚親近了。

任老夫人聽到此消息，心下一定，笑說：「有機會我一定要去秦家拜訪一番。」

沈芳菲點點頭。

「到時候我陪您一塊兒去。」

三言兩語，大家都探明了對方的意圖，又將話題轉到了別處，一時之間，任老夫人的房裡歡聲笑語，安撫了那些遠從江南來到京城的下人們的心。

第七十六章

待石磊與沈芳菲在任府用完飯，已經傍晚了，兩人回了府，沈芳菲靠在石磊肩頭。

「你沒見任家的那位表妹，正宗的江南女子，溫婉動人。」

石磊側頭看了看沈芳菲。

「在我心中，妳最美。」

饒是他們成親了一段時間，石磊偶爾還是會丟出這樣的情話來，讓沈芳菲羞紅了臉。

沈芳菲有些羞澀地背過身子，卻被石磊摟在了懷裡。

「今天見了任家，我很開心。」石磊在她耳邊說道。

沈芳菲聽了這話，便知石磊不像表面那樣淡然，他見秦老大人如此涼薄自私，心中還是失望的。

「就算任家看不上咱們，你還有我呢，還有呆妞、有爹和娘。」沈芳菲扳著手指數著。

「以後還有我們的孩子。」

石磊聞言，驚疑地往沈芳菲的肚子上瞧了瞧。

「莫非？」

「之前日子不久，大夫不能確認，如今大夫說有了呢。」沈芳菲見石磊的一雙眼睛亮了起來。

石磊抱住她想在屋子裡轉一圈，可是又想到她肚子裡那個小的，只能生生忍了下來。

「我明日便請岳母過來瞧瞧。」

第二日，沈芳菲有了的消息便傳遍肅國公府，石磊十分開心，傳令下去每個下人都加了一個月工錢，讓下人們個個喜氣洋洋，直稱沈芳菲肚子裡的那位是小福星。

石母得知沈芳菲有了，喜得要命，連忙宰了一隻自己在院子裡養的大公雞，燉成湯，給沈芳菲補身子。

一時之間，石磊恨不得連床都不讓她下，她有些哭笑不得。

「我哪有這麼脆弱。」

「妳在我心中，是最寶貴的瓷娃娃。」石磊大概是樂歪了，對沈芳菲的情話是一串一串的，聽得一旁的荷歡都竊笑不已。

在此世，沈芳菲早已作主將荷歡許給某家大商鋪的掌櫃，荷歡本要歡喜出嫁了，可是遇上沈芳菲懷孕，就義不容辭留了下來，而那大掌櫃家也十分贊同，畢竟他們家娶荷歡就是為了加深與肅國公府之間的聯繫。

沈芳菲身為京城貴女，卻未看輕任家，反而對任家長輩尊重得很。以肅國公如今的地位，任老夫人自然樂得親近。

當沈芳菲傳出有孕的時候，任老夫人便帶著孫女兒上門探望了。

肅國公府雖然名義上有石母做老夫人，但是石母對這大家族裡女子懷孕的事是無從幫忙起的，沈夫人立即派了不少人手來幫忙，讓石母好歹輕鬆一些。

任老夫人知道沈家不會對女兒不管，但是也與沈芳菲說了不少江南婦人養胎的方子。

「舅姥姥可真是我的及時雨呢。」

沈芳菲笑著看荷歡指揮著小丫頭們將任老夫人從江南帶過來的藥膳方子收了，對任老夫人撒嬌道。

任老夫人當然不會認為沈芳菲的府裡就真的缺了這些東西，她拍了拍沈芳菲的手笑說：「都是自家人，要什麼找我要就是了。」

沈芳菲點了點頭，對靜靜坐在一邊的任琪說：「我本還想帶著表妹往關係好的姊妹那兒走走，只怕要食言了。」

這時候任琪怎麼好介意這個，她連忙揮揮手。

「表嫂養好身子便是了，不用擔心我的事。」

沈芳菲示意荷歡拿出一張帖子來，遞給任琪，這帖子十分雅致，上面畫著一枝荷花。

任琪不好意思當著沈芳菲的面直接打開帖子，只能一臉疑惑地看著她。

「我嫡親的大姊也是個喜好熱鬧的，經常在府裡擺荷花宴呢。這張帖子是我特意為妳要的，我大姊也聽說我有個如此可人的表妹，一定要看看呢。」

沈芳菲示意任琪打開帖子。

任琪打開來，帖子上的字很少，只言明了時間地點，但是蓋著北定王府世子妃的印章。以北定王府的尊榮，這帖子只怕是一帖難求吧。

沈芳菲的姊姊沈芳怡是北定王世子妃一事，任老夫人早就知道，卻不料沈芳菲能為任琪攬到這張帖子。

「太感謝表嫂了！」

任琪拿著帖子，有些激動又有些忐忑。

沈芳菲當然明白她的顧慮，便撫慰她說：「表妹不要擔心，我大姊十分喜歡江南水鄉的可人兒。」

任琪點了點頭，羞澀地笑了笑。

「我都聽表嫂的。」

那一張滿心信任的臉讓沈芳菲心中十分欣慰，不是每一個表妹都像方知新與秦語的。她心中才閃過了這個念頭，就見荷歡悄悄地走了上來，在她耳邊說：「秦家那位帶著秦小姐在門口了。」

沈芳菲聽到此話，不由得張大了眼，他秦家是將肅國公府當市場？想來就來，想走就走？有這樣一個狗皮膏藥親戚真讓人糟心。

沈芳菲在未孕時，對待秦家十分從容，可是自從有孕了，性子便有些暴躁，連對石磊都發了不少小脾氣，何況一向不喜歡的秦家？

任老夫人見沈芳菲不著痕跡地皺了一下眉，便知道她有了什麼難言的問題，大戶人家都不興家醜外揚。

「不早了，我便帶著琪兒先回去了。」任老夫人體貼地說道。

沈芳菲有些抱歉地看著任老夫人。

「秦家那位繼外祖母突然來了。」

「秦家的那位來了？」任老夫人聽了這話，也皺了皺眉。

一般這大戶人家上門拜訪都會先遞帖子的，以沈芳菲管家的才能，斷斷不會同一時間接待兩家，且沈芳菲聽見秦家那位來了的驚訝之色不似作偽，那位真欺負肅國公府沒有正經的長輩了？

任老夫人想到此，準備告辭的身子又穩穩地坐了下來。

「既然是秦老夫人，也就是自家親戚了，我正好見見，菲兒不會嫌老身麻煩吧？」

「怎麼可能呢？說起來任家和秦家也算是姻親，舅姥姥見見繼外祖母也是應該的。」沈芳菲點了點頭，叫下人又拿了幾盞茶上來。

秦老夫人帶著秦語大搖大擺地走進了肅國公府大門，不給帖子又如何？孝字大帽子砸下來，無論她沈芳菲在做什麼，都得接待她這個外祖母！

秦老夫人一進來便看見一位老夫人坐在大堂上喝茶，身邊站了一位玲瓏剔透的少女。

沈芳菲見秦老夫人走了進來，連忙站起來。

「外祖母您來了。」

「唉唷，妳現在身子可金貴了，趕緊坐下來。」

秦老夫人虛走了幾步，對孫女使了一個眼色，秦語走上前去扶著沈芳菲坐下來，一臉天真無邪，彷彿與沈芳菲並無嫌隙。

沈芳菲依言坐了下來，任老夫人素日裡喜歡的是看上去很一般，但是用起來很舒服很珍重的東西，因此秦老夫人粗粗瞥了任老夫人一眼，便覺得她身分不高，又聽小廝說府裡來了親戚，便有些嘲諷地想著，不會是石母那邊來打秋風的親戚吧。

秦老夫人一臉關切地問了沈芳菲不少身體方面的事，這幾天，所有人都會十分關切沈芳菲的身體，沈芳菲也恭敬地答了，卻見秦老夫人雙眼一轉，便知道這位又有餿點子。

「先前皇上體貼我家大人，賞了幾個美妾，一時傳為佳話。如今菲兒也有孕，怎麼就不能準備幾個人給磊兒備著呢？」秦老夫人慢慢地說。

呵，是誰在那些美妾一進門就賜了避子湯？若是秦老夫人真有自己說的那麼賢良，那麼秦老大人正當壯年的兒子怎麼只有她所出的？秦老大人可是不斷納妾的人呀。沈芳菲笑了笑，並不答話。

這位是腦子摔壞了？任老夫人坐在旁邊百思不得其解，目前石磊深受皇帝信任，沈芳菲又身為貴女，這秦老夫人居然以外祖母的身分為難他們？更莫說她不是親外祖母了。

秦老夫人喝了一口茶，沈芳菲向荷歡使了一個眼色，荷歡便為秦老夫人續了茶，正當她準備離開時，卻被秦老夫人抓住了手。

「這是荷歡姑娘？當時我就覺得菲兒身邊的大丫頭長得好看，現下是越來越美了。」

荷歡低著頭，一副十分害羞的模樣取悅了秦老夫人。

「若是讓荷歡姑娘做磊兒的通房，一定很美呀。」

荷歡聽見這話，臉色變得蒼白，她連忙回頭看沈芳菲，見她面無異色，才吁了一口氣。

「外祖母說什麼呢？荷歡可是從小伺候我長大的，也算是情同姊妹了，我怎麼捨得讓她當妾？我早許了她去當正房娘子呢，只是因為我的事反而耽擱她了。」沈芳菲笑著解釋。

荷歡見沈芳菲開了口，連忙站到她身後，怕是以後，她再也不敢幫秦老夫人倒茶了。

「當妾有什麼不好？依我看，當磊兒的妾是她的福氣呢！」秦老夫人重重地哼了一聲。

「當妾當然不好，不僅是自己的性命，包括庶出兒女的婚嫁可是都要看當家太太的臉色。庶子娶一個進來便也罷了，庶女要嫁到什麼地方去，只能看造化了。」任老夫人在一旁淡淡說道。

秦老夫人的痛腳便是曾經是庶女，任老夫人這話讓她火冒三丈，卻無法辯駁，總不能說她自己是庶女，卻熬死了人家的正房夫人，然後成了繼室吧。

「這位是？」秦老夫人強忍著怒火看著任老夫人，一個打秋風的親戚還敢來冷嘲熱諷？

「這是任老夫人，是夫君親外祖母的嫂子，說起來大家都是親戚呢。」沈芳菲介紹道。

什麼？秦老夫人以為自己聽錯了，前面那位的親眷不是早已去了江南？若不是他們去了江南，她還無法這麼快上位，這任家，居然又回來了？

按理說，任家才算得上是秦家的正規姻親。繼室地位並不高，見到前任夫人的家人甚至還要行禮。

「嫂子好。」秦老夫人忍住羞辱，對任老夫人行了一個禮。

按常理，任老夫人應該要站起來避開這個禮，但她卻坐著坦然受了。她本是一個和善人，但剛才見秦老夫人為難沈芳菲，心中十分不滿。秦老夫人欺負的不只是沈芳菲，還有他們任家呢！

「既然大家都是親戚，以後見著我就不用行禮了。」任老夫人淡淡說。

沈芳菲見任老夫人受了秦老夫人的禮，面上不變，心中十分解氣。

任老夫人與秦老夫人初次相見便十分不對盤，秦老夫人本有意讓沈芳菲口上答應為石磊納妾的事，卻被任老夫人幾次攔了下來。

「既然菲兒與磊兒小倆口關係好，又何必安插什麼人擠進來呢？不是每個人都這麼沒臉，一定要去打斷人家夫妻恩愛的。」任老夫人笑著為沈芳菲辯駁。

秦老夫人覺得臉被任老夫人打得啪啪響，還要逞強。

「可是自古都說女子要賢慧，為丈夫開枝散葉。」

「菲兒嫁給磊兒，難道不夠賢慧？開枝散葉？她肚子裡已經有了呢。」

任老夫人呵呵笑道：「這樣的妻子，總比那些給丈夫納了不少美妾，攥著她們的賣身契，給她們灌下絕育湯的正室要好呀。」

秦老夫人覺得自己又被任老夫人打了一個巴掌，臉上火辣辣，臊得慌。

任老夫人與她是同輩，身分又相當，她還真不能去壓對方，只能皮笑肉不笑地哼了一聲，以表不滿。

任老夫人與秦老夫人初次見面，心中為那位逝去的小妹十分不值。

她的夫君是怎麼瞎了眼，才喜歡上這樣的女人？莫說還真不是什麼鍋配什麼蓋吧？

第七十七章

任老夫人冷眼看著秦老夫人還有什麼把戲，卻不知道自己的丈夫今日上朝時遇見了秦老大人。

秦老大人自原配去世後，心中十分忐忑，怕原配的娘家來鬧，卻不料他的運氣好，原配娘家早先失了聖寵，自請去了江南。

從此以後，原配以及她的娘家，在秦老大人腦海裡已經完全被抹去了，所以當任老太爺站在他面前的時候，秦老大人還在想這個人是誰？

「妹夫不會是連自己的大哥也認不出了吧？」任老太爺的嘲諷語氣任誰都能聽懂。

妹夫？默默在旁邊看熱鬧的眾臣心中疑惑，秦老夫人的大哥不是這位啊，明明是一個吃喝嫖賭成性的傢伙。

有些年紀大的想起來了，秦老大人的原配不正是任家人嗎？這任家人去了江南幾十年，如今終於回京城了呀。

「哦，是大哥呀，好久不見。」秦老大人彷彿終於想到自己還有一個原配妻子，乾乾地打了招呼。

任老太爺瞇著眼睛打量秦老大人，當年那位俊逸進士早就被歲月磨滅得沒了，有的只是一具被酒色掏空的身子，不知妹妹還活著的話，是不是會後悔自己的眼光。

此次皇上將地方幾名官員調了上來，是要擇優重用的，任家本來就曾是京城的勛貴，若是想捲土重來，想必不是很難。秦老大人想到此，便對任老太爺友好地笑了笑。

「大哥回來，我都沒有得到信兒呢，要是早知道大哥回來，我就去親自迎接了，下次請大哥來我們府上，我們一醉方休。」

秦老大人這話說得格外親近，但是任老太爺卻不大領情，笑著說：「我最近可是戒酒了。」

這個軟釘子讓秦老大人碰得有些悻悻地，看來任家對他原配的去世還是有所耳聞的，不過秦老大人並不在意，他上了九皇子的船，以後九皇子上位，功勞少不了他的，還怕一個剛從江南回來，沒在京城站穩腳跟的任家？

任家去了江南後，並沒有鬆懈對兒女的教育，眾人都能看到任大人及其子都是能力不錯的，皇帝最欣賞的便是這種官員，再加上他們與肅國公有著些血緣關係，旁人都覺得，任家飛升，指日可待。

眾人還真沒猜錯，石磊還真為任家在皇帝面前說了幾句好話。

石磊平時在皇帝面前很少表現出對誰的好感或惡感，如今主動說任家的好，讓皇帝格外驚訝。

「臣的親外祖母出自任家，當年我母親能嫁給我父親，還是任家斡旋的呢。」
「哦？任家對黎家來說，還有此等千絲萬縷的關係？」
皇帝怎麼可能有閒情去打探石磊的親外祖母出自何家，被石磊這麼一說，便明白了他為什麼要為任家說話。
皇帝在朝上對任老太爺十分和顏悅色，還對任家孫子任笁考校了一些問題，任笁答得十分好，讓皇帝十分驚奇，任家比他想像的，要好得多。
於是他迅速拍板將任笁扔進國子監歷練一番，又問了任大人一些地方上的問題，任大人為官認真負責，回答得十分穩妥，讓皇帝滿意地點了點頭，將他安排進了戶部。
輪到了任老太爺，皇帝倒有些為難了，如今大梁朝重用中年官員，連沈老太爺都賦閒了，這位怎麼安排？
任老太爺倒想得開，笑著說：「老臣忙碌了一輩子，斗膽跟皇上請求，讓我回去陪著老妻。」
皇帝見任老太爺如此說，心下大定，卻裝作為難地想了一陣子，方才開口。
「你在江南為百姓兢兢業業幾十年，官聲十分好，我就不勉強你繼續為朝廷賣命了。」
任老太爺聞言，故作驚喜地跪下。
「多謝皇上恩典。」
任家初回京城，便撈了兩個官職，已是大善，若還要皇帝安排一個官位，那他的子孫如何成長？因此任老太爺寧願賦閒。

他卻不知，秦老大人在底下想著——傻，真是傻！

要是他的話，定會要個最好的官職，讓祖孫三代都牢牢把持著朝廷命脈，只可惜皇帝不給他這個機會。

所以當秦老大人聽九皇子說是石磊為任家在聖上面前說了好話，簡直氣炸了。

「哪有這樣的人？自己外祖家不幫，卻幫外人？」秦老大人對秦老夫人抱怨道。

「上次我去肅國公府，那沈芳菲對任老夫人比我要恭敬得多呢，還讓我給那任老夫人行了禮。」秦老夫人當然不會勸秦老大人息怒，只會火上加油。

「什麼！我倒要親口問問石磊，到底我秦家有什麼對不住他的地方！」秦老大人怒吼。

秦老夫人聽了這話，也跺了跺腳。

「就是，我可是一心為他們好呢。」

秦老大人氣沖沖來到石磊的軍營，石磊底下的士兵當然不認識秦老大人，只見一個老頭跑過來，一臉憤怒地說要找將軍。

士兵們你看看我，我看看你，終於有膽大的走進石磊的軍帳。「有一位自稱秦老大人的要找您。」

難道這秦府的都喜歡不請自來？石磊皺起眉頭，吩咐士兵將秦老大人帶進了軍帳，其他人見來人真是石磊的外祖父，都識趣地退了出去。

「你怎麼為任家說話而不是為秦家說話？難道你一顆心是往外長的？我秦家才是你的外祖家，我才是你的外祖父！」秦老大人劈頭蓋臉一頓大罵，才覺得出了一口惡氣。

秦老大人這行為算是大鬧軍營了，石磊爬得這麼快，在軍中不滿他的人也不少，隔牆有耳，只怕這番話已經傳入其他人的耳裡了。

石磊無奈地嘆了口氣。

「當年黎家滅族之時，我母親派了婢女偷偷帶著我前往秦家，希望秦家能保我一命，當時秦家是怎麼做的？將婢女趕出了秦家，讓她帶著我自生自滅。」

秦老大人聽到這話，臉一黑，當時他覺得黎家已經覆滅，沒有必要為了一個外孫犧牲前途，誰知道黎家後來又起來了呢？

在短暫的沈默中，秦老大人迅速作了決定。「你說什麼？」

他露出詫異的表情。「當年顏兒叫婢女將你送回秦家？我怎麼不知道？」

顏兒正是石磊親生母親，石磊對外祖一家徹底死心，也不聽秦老大人的解釋。「秦家雖是我外祖家，我卻不能無視當年秦家的見死不救。」

此話擲地有聲，是有想斷了與秦家關係的意思。

秦老大人聽出外孫口氣中的決絕之意，但從任家一事看出石磊對皇帝的影響，他是絕對不會放棄這個外孫的。

秦老大人沈聲說：「此事我是真的不知道，我必定給你一個交代。」說完，便轉身出了軍帳。

真的不知道？皇上調查出來，這是秦老大人親口說要關上秦家的大門呢。石磊諷刺地笑了笑，他還能調查出什麼結果？

第二日，秦老大人居然帶著老妻來到肅國公府，只是這次，秦老夫人居然被綁上繩子，再也沒有了前兩次登門的趾高氣揚。

沈芳菲看著這場鬧劇有些頭疼，急匆匆派小廝將剛出門的石磊請了回來。

石磊回來見此光景，心中更為鄙夷，自己做下的事，居然讓老妻承擔。

「這毒婦當年心懷芥蒂，居然對你親外祖母的血脈視而不見！都沒問我救不救你，便將你拒之門外，實在可恨！」秦老大人痛心疾首地說道。

秦老夫人發著抖，那頹敗的模樣讓沈芳菲看了有些於心不忍，這女人嫁錯了郎君，這輩子便毀了，石磊的親外祖母是，眼前這位亦是。

「磊兒，你有什麼怨恨，統統都對她發出來吧，我絕不阻攔。」秦老大人說得大義滅親。

石磊不耐煩看這一場戲，扭頭淡淡說：「您認為以我的能力，能查到那麼多年前的秘辛嗎？」

什麼？難道皇帝也知道了？秦老大人大驚。

秦老夫人聽石磊這麼說，臉色也大變，若只是對石磊承認當年的事是她的錯也就罷了，但若是這件事還扯上皇上的話，這個黑鍋她背了就跳進黃河也洗不清了。

「老爺，當年這個決定……」秦老夫人驚慌失措道，想辯駁卻被秦老大人一個巴掌狠狠地抽了上去。

秦老大人不敢看他老妻失望的眼神，只硬著心腸道：「如此毒婦，我留妳有何用？簡直是滅了我秦家的基業！」

不過此事也不算冤枉她，若不是她當年唆使他將那丫頭拒之門外，怎麼可能會拒絕和他有血緣的嬰孩呢？一切都是她的錯！秦老大人一旦下了決心，便將所有錯都推到了秦老夫人身上。

秦老夫人看著秦老大人那一雙漸漸變冷的眼，不敢置信道：「夫君，你難道真忘了當年的事？」當年可是你下的命令呀！

「妳還有臉提當年？」秦老大人十分痛心的模樣。「若不是我調查清楚了，還一直被妳虛偽的模樣蒙蔽著呢。」

秦老夫人之前還只是做做樣子，見秦老大人這般堅定，知道他是真準備將她推出去了，便哇的一聲哭出來，她不敢在石磊面前提起當年是秦老大人作的主，畢竟她夫君的陰狠她還是知道的。

石磊看著秦老大人演的這一場大戲，心中越發覺得好笑。

「外祖父不用想著解釋什麼，還是好好想想怎麼向皇上解釋吧，畢竟我父親在皇上心中，始終是不一樣的。」

秦老大人聽外孫這麼說，白了一張臉，卻還擺著大義凜然的嘴臉說：「顏兒是我的女兒，你是我的外孫，我必定會給你們一個交代。」

說完，又帶著哭嚎不停的秦老夫人走了。

第七十八章

沈芳菲看見這兩人走了，鬆了一口氣，有的事，何必這麼折騰呢？老老實實的不挺好？石磊看著妻子一臉疲倦，愧疚地幫她按了按太陽穴。

「對不住，讓妳受累了。」

沈芳菲見石磊體貼，心中如吃了蜜一樣甜，笑著歪頭說：「沒關係，這是我甘願的。」她看了看石磊的臉色，也不知道他會不會對這個外祖父失望，只是摸了摸石磊的胸口。「你還有我。」

石磊反握住沈芳菲的手。「我還有妳。」

石磊想了想，反正已經耽擱了，便請假一天，在家任沈芳菲差遣，只是兩人有默契地不提秦老大人的事，以免平添煩惱。

秦老大人回了家，便將秦老夫人關進小佛堂，嚴令任何人都不許探望。

秦老夫人的兩兒一女都十分著急，想著要見母親一面，但是又不敢反抗父親。

「你們就當母親死了吧。」秦老大人拍著桌子說，以前的秘辛知道的人越少越好，他不欲讓兒女知道，連續幾天都在斟酌著請罪摺子，想著如何挽回秦家在皇帝心中的地位。

秦老夫人畢竟在後院掌權多年，還是有幾個心腹的偷偷報說外面的情況，她聽說兒女為自己求情，十分欣慰。

如果她認下所有的罪，兒子的仕途會不會好一些？想到此，她在佛堂中靜靜祈禱，直到那寂靜的佛堂，被秦老大人的妾闖了進來。

說起來，這位妾與秦老夫人還真有過節，她剛剛進來，秦老夫人便一碗墮胎藥斷了她的念想。從此以後，她的人生樂趣便是與秦老夫人作對。

秦老夫人被關到佛堂，第一個拍手稱快的便是她，她走到秦老夫人面前，看了看秦老夫人的臉。

「您最近憔悴了不少。」

秦老夫人面上顯得十分平靜。

「我身為正室，不需要以色事人，老與不老，對於我來說沒有什麼不同。」

「哦？那您的兒女好與不好，也與您無關？」寵妾不懷好意道。

秦老夫人一張平靜無波的臉終於動搖了。

「您聰明一世，怎麼就糊塗一時了呢？以我們老爺的品性，將您推出去定罪後，您以為皇帝會不遷怒您的兒子？您的女兒有這樣惡毒的母親，怎麼還能在婆家待下去？」寵妾字字句句都像刀子一般割著秦老夫人的心。

「老爺只有這麼兩兒一女，我不相信老爺會袖手旁觀。」秦老夫人信心滿滿，虎毒不食子，只要她站出來了，秦老大人總會惦記著她的好的！

「哈哈哈哈！」寵妾一陣狂笑，讓秦老夫人有些一頭霧水。

「您揣摩老爺的心思揣摩了一生，自以為很了解他？您不知道老爺在外面養了外室，還生了兩個十分優秀的兒子？聽老爺說不日要將他們接回來呢。」寵妾挑釁地看著秦老夫人。

「不，不可能——」秦老夫人一臉徬徨地揮著手。「妳騙我，妳騙我！妳們這些當妾的女人沒一個好的！」

「當妾的女人沒一個好的？您過去難道不是妾？聽老爺說，等您認罪伏法了，要將那位外室抬為貴妾呢，那兩個兒子都像極了老爺，十分會唸書呢。」

「閉嘴，閉嘴！」秦老夫人歇斯底里地吼叫了起來。「老爺不會這麼對我的，老爺不會這麼對我的！」

寵妾看到秦老夫人這模樣，滿意地笑了笑。「您不信？那我們就走著瞧吧。」

過幾日，秦老夫人便從心腹那兒聽到了秦老大人接回外室的消息，那外室年輕貌美，養尊處優，一看便是沒吃過苦的，連帶回來的兩個兒子，都長得與秦老大人十分相似，不熟悉內情的還以為這是秦老大人的孫子。

眾人之前十分訝異秦老夫人為何被關進小佛堂，這麼一看，怕是因為這位外室了。能讓秦老夫人這麼多年沒發現且平平安安地生下兒子，絕對是個有手段的，秦府下人看碟下菜，對這位新來的外室夫人十分尊敬。

秦老夫人心如刀絞，難道夫君要扶持那從外來的小野種嗎？當初，那個冷言冷語說「把他們趕出去」的人可是他！

「不行，不行，我不能坐以待斃。」秦老夫人念叨著說，之前她以為自己若去了，兒女會好一些，卻不料秦老大人連她兒女的活路都不給了，那她怎麼能安心頂罪？

其實秦老大人已經決定放棄秦老夫人了，便不想去管她的事，但是為了不讓兒女們起疑，還是在這個夜裡去了小佛堂。

「老爺，老爺您來了？」秦老夫人看到秦老大人的一剎那，一顆乾涸的心彷彿有了春雨的救濟。

秦老大人看著老妻，心中有了一絲動容。無論在什麼時候，她都是想著自己的。

「妳最近過得可好？」秦老大人緩聲問。

「我過得非常好，我錯了，老爺我錯了，讓我出去吧！」秦老夫人懷著最後一絲希望求道。

秦老大人深深看了她一眼。

「妳犯下大錯，我怎麼可能放妳出去？還是自己了斷吧。」秦老大人說完，閉上眼睛，一臉悲天憫人。

「你讓我自己了斷？」

秦老大人閉著眼睛，沒有看到秦老夫人一雙眼裡閃爍著瘋狂的光芒。

「我已經保不住妳了，想想以什麼樣的方式了斷吧，我都由妳。」

秦老大人話還沒說完，頭上便一陣劇痛，不由得癱倒在地上，無力地摸了摸頭，赫見手掌心上全是血。

秦老夫人拿著一個小香爐赤紅著雙眼看著他。

「我伺候你這麼多年，為你生兒育女打理後院，你就為了自己將我推出去頂罪了？」

秦老大人剛想叫，卻不料渾身無力，又被秦老夫人砸了一下。

「我原本想為了秦家、為了兒女，忍了這無聲的冤屈去了的，可是我都沒死，你就將外室接了回來，你這是將育兒、唐兒置於何地？」

秦老夫人越想越氣，又狠狠地砸了一下秦老大人。

「當年任姊姊去世的時候，便對我說，她對你如此好，你都如此薄情，讓我別妄想你會情比海深了。我笑說我不在乎，今天才知道我遭到報應了！」

秦老大人抽搐地動了動手指，想向門口爬去。

「你走？你還敢走？」秦老夫人將秦老大人拉了回來，又用香爐捶打他，這下秦老大人頭冒鮮血，只有進的氣，沒有出的氣了。

「我一直在你面前唯唯諾諾，今日終於暢快了一回。」秦老夫人笑著。「也不知道任姊姊是不是在黃泉路上等著我們，如果我遇見她，便向她賠個不是吧。」說完便咬舌自盡。

秦老夫人殺了秦老大人再自盡的事，在京城裡鬧得沸沸揚揚。母親將父親殺了，這樣的罪名，秦家兒女怎麼可能還有好日子過？只能收拾包袱，遠走他鄉。

任老太爺此時乘機提出要將小妹遷葬回任家，秦家也很快答應了，他們此時只想變賣家產，遠離京城。

偏偏這宅子畢竟出了駭人聽聞的事，想要買的人都會猶豫一番，沈芳菲卻爽快地出了錢，將秦府買了下來。

「這宅子每處都十分精巧，你親外祖母不知投入了多少心血呢，何必讓它流落到他人手裡？」沈芳菲如此對石磊說道。

石磊感激地點了點頭，就算沈芳菲不買，他也會主動開口要求的。

石磊進了宮，將秦家此事與皇帝說了一番，皇帝聽了，覺得是秦老大人自作自受，秦老夫人雖然凶惡，但也是一片愛子之心，便沒有追究下去。

石磊每天聽著沈芳菲肚子裡的動靜，嘀咕著說想要一個與妻子一樣美麗的女兒。

石母端著熬好的雞湯給沈芳菲喝，白了兒子一眼。

「菲兒這胎一定是男孩。」

石磊聽了這話有些失望，石母當年在鄉下，還有一個拿手絕活便是相看婦人的肚子。

沈芳菲見石磊一臉失望，十分好笑。

形。

「我生個兒子不好嗎？」

石磊連忙點頭說好，只是心中還是期盼著一個長得像沈芳菲的小女孩叫自己父親的情形。

沈夫人雖然顧及沈府的事，卻每天派人打探消息，一旦沈芳菲有什麼事，她便馬上趕過來。

沈芳菲對眾人如臨大敵的模樣覺得十分有趣，又想起前世那個無緣的孩子，她摸了摸肚子，對慢慢長大的孩子說：「你要好好的。」

九皇子見秦家已經沒了利用價值，便又在江南認識了幾個富商，在他們的支持下，在朝堂的腰桿子格外硬了起來，之前九皇子還算是囊中羞澀，現在可是花錢如流水了。

十一皇子最後還是進了朝堂，卻是三天打魚、兩天曬網，有大臣想彈劾，卻被皇帝笑著敷衍了，開玩笑，一個有野心的兒子還不夠，莫非還要第二個？

皇帝越想越焦心，在朝堂上斥責了幾次九皇子，又將眼光投向陳妃所生的小兒子上，這時小兒子還只是看著皇帝便笑的地步，對皇位沒有絲毫威脅，皇帝一時之間，對陳妃和小兒子十分嬌寵，連淑貴妃都要往後退一步。

沈毅得知陳妃受寵的消息，嘆了一口氣，對沈夫人說：「皇上老了。」

越是老，越討厭對自己有威脅的兒子。

而九皇子被皇帝斥責了幾次，心中十分不平。當年哥哥們在的時候，皇上總是誇獎哥哥們，視他為無物，如今哥哥都去了，父皇仍不肯表揚他幾句，難道他就這麼看不上自己？越是如此，九皇子越看不慣那個蹣跚學步的小弟弟，恨不得他夭折了才好。

第七十九章

十一皇子倒是對這位小弟弟好得很，什麼好吃的好玩的全往陳妃那兒送，陳妃原來與九皇子交好，但是自從有了兒子，便得為兒子考慮了。

九皇子看著她兒子的眼神實在不善，而十一皇子反而對他是掏心掏肺的好，漸漸地，陳妃的心便偏到了十一皇子這邊。

不過陳妃從來都是個謹慎的，她從不跟皇帝說十一皇子的好，只不過當兒子拿著十一皇子送的那些小玩意兒到皇帝面前時，她卻是從來也不攔的。

皇帝看到小兒子得意洋洋地炫耀當年他賞給十一皇子的東西，竟有些恍如隔世。當年他也是如此寵愛十一皇子，還以為他早已忘了那段親密無間的時光，卻不料他還記著，並將這些東西都給了弟弟。

陳妃見皇帝的面色有些懷念，便笑著說：「福兒最喜歡的便是十一皇子呢，若他沒空來了，總是要吵著找十一的。」

皇帝聽了，笑說：「說起來，福兒與十一小時候還真有兩、三分相似，都被我寵成無法無天的小霸王。」

陳妃點了點頭。

「十一皇子說了，看了福兒就像看到小時候的自己。」

皇帝揮了揮手，招了不遠處在扯草玩的兒子過來，摸著他的頭說：「不知道什麼時候才能長大。」

陳妃眼色溫柔地看著兒子。

「福兒還小，先讓他快樂一會兒吧。」

十一皇子如此喜歡小兒子，若他以後上位，一定能護著小兒子一世吧？

一想到皇位問題，皇帝又有些心煩起來。

大臣們嚷嚷著國不可一日無儲君，說得彷彿他明天就要去世似的，而眾大臣們提出來的人選居然是九皇子。

皇帝想著就黑了臉。

皇帝也曾苦苦思考過讓誰來坐這個位置，想來想去，最適合的便是十一皇子了。他母族地位崇高，對他忠心耿耿；而姊姊明珊公主也嫁去了羌族，若是十一皇子登上大位，羌族與大梁朝就不可能敵對的！

皇帝的不表態、十一皇子對皇位的淡薄，讓九皇子在朝中顯得一枝獨秀起來，他納了不少大臣的庶女為妾，逐漸建立關係。

而皇帝不是又聾又啞的，這些小動作他統統看在眼裡。

「你到底想幹什麼？朕還沒有死呢。」

皇帝指著九皇子大罵了一番。

九皇子被訓斥之後，見眾人離他遠遠的，頓時恍悟——擺平眾臣有什麼用？擺平皇上才是真理啊。

於是他厚著臉皮在皇帝身邊伺候了幾月，皇帝雖然一開始看見他總是吹鬍子瞪眼的，但是到了後來，臉色卻和緩許多。

於是，有些大臣們便如同牆頭草般又往九皇子那邊偏了過去，但九皇子對他們反而顯得冷淡，仍專心侍奉起皇帝。

他在江南選了不少美女，全部獻給皇帝，皇帝最怕的就是年老，被這些小姑娘一奉承，便覺得年輕了許多，不由得對這些小姑娘偏寵了些。而在這些姑娘中，最受寵的則是江南富商楊家的楊氏姊妹。

九皇子此舉雖然得到了皇帝的讚賞，可是卻在後宮裡炸開了鍋，妃嬪們心中十分不平，卻不敢提出異議。

「貴妃娘娘，聽說那大楊氏柳腰纖纖，一手便可環繞；小楊氏身輕如燕，可在人手上翩翩起舞呢。」

淑貴妃身邊的小宮女好奇心十足，是個包打聽。

「哦？這九皇子懂得如何討皇上的歡心了。」

淑貴妃笑了笑，她自然不會在此等事上與皇帝較真，只當是聽戲，皇帝是個明君，怎麼樣都不會誤了朝政的。

不料，皇帝對這大小楊氏的寵愛竟出乎眾人的意料，居然為了這大小楊氏幾天沒上早朝了。

眾大臣在朝中面面相覷，皇帝一向勤勉，如今卻幾天不上早朝，顯得有些詭異了。

皇帝不上朝，朝中只有兩個成年皇子，十一皇子向來不理朝事，而九皇子最近又得皇帝喜歡，眾大臣心中還是微微偏了九皇子一點，一時之間，有些看九皇子做事的意思。

眾大臣或有自己的小心思不催皇帝上朝，但是言官卻忍不住了，跑進宮中，狠狠地罵了皇帝一頓。

在言官的痛罵之下，皇帝也只能悻悻地上朝了，只是下了朝之後，怎麼和大小楊氏膩在一起，大臣們便管不著了。

皇帝將摺子都給了九皇子批，一時之間，九皇子終於翻了身。

淑貴妃看著皇帝如此，心中有些不信，在她心中，皇帝雖然小糊塗不斷，在大事上卻十分精明，怎麼可能將朝中大事給九皇子把持？

她派人去找皇帝貼身太監詢問，卻得到令人震驚的消息。

「娘娘，皇帝在吸食五毒散。」

「什麼？」

淑貴妃十分震驚。

五毒散剛剛吸食時，會讓人到達無限快樂之境，可是日子久了上癮了，最是能消磨意志、擊垮身體的。

前朝皇帝便是因此斷送江山，皇上怎麼可能吸食？

「是那位的主意呢。如今皇上對他可是言聽計從了。」太監偷偷地對淑貴妃說。

淑貴妃喝了一口茶，看著案上冒著縷縷輕煙的青爐，青爐是前朝的古物了。淑貴妃喜歡它厚重，便將它擺在殿裡。

淑貴妃最終嘆了一口氣。

「如今皇上連本宮與十一皇子都不見了呢。」

安太監聽了，面上有些絕望，九皇子如此，明顯是對大位志在必得了。

「天無絕人之路。」淑貴妃鎮定道。「你且等著吧。」

「是。」

淑貴妃在安太監心中一向都是十分有手段的，她如此說了，他便放心多了。

沈芳菲在宮外也知如今皇帝沈迷於美色，九皇子把持著朝政，若是久了，只怕十一皇子這邊的人日子都不會好過。

她進了宮，發現宮中氣氛有些低迷。

在這關頭，她低著頭，不敢亂看，只跟著宮女後面進了淑貴妃寢宮。

淑貴妃先是與她閒聊了一番，低聲說道：「這天可是要變了。皇上不僅是沈迷美色，還吸食了五毒散。」

沈芳菲聽了這話，一臉驚詫。

「只怕，我們的冬天要來了。」淑貴妃意味深長地說道。

沈芳菲聽到此，饒是兩世為人，一雙手還是不由得冰涼了。

淑貴妃見狀，握住她的手。

「別怕，沒到最後呢，還不知道誰贏。」

沈芳菲想到前世沈家的慘狀，對九皇子也恨之入骨，咬了咬牙說：「很多事，不是一開始笑得開心便能笑到最後的。」

九皇子自以為掌握了宮中，便騰出手來對付他的好弟弟了。

他坐在椅子上，陰惻惻地笑著想了半天。

九皇子妃站在他身邊，她初嫁過來的時候，對溫文爾雅的九皇子一見鍾情，總想為他做些任何事，可是日子久了，九皇子為了野心不斷往後院塞人，也不斷要她娘家做了許多見不得人的事。她在後院中已經被那些小賤人們害得落了三個孩子，她實在累了。

九皇子妃掩住了眼底的光，將雞湯送到九皇子面前。

「夫君，天冷了，補補身子吧。」

九皇子看著九皇子妃遞上來的雞湯，心中一陣鬱悶，狠狠地將雞湯砸在地上。

「補身子？與其想著給我補身體，不如讓妳父親想想如何助我登上大位吧！」

九皇子在府裡經常喜怒不定，九皇子妃倒是習慣了，她喚著丫鬟將地上收拾乾淨了，對九皇子說：「夫君放心，無論是刀山火海，我都是要陪你過的。」

第八十章

在九皇子的哄騙下，皇帝下旨讓九皇子監國，便一頭栽在桂花塢不知今夕何夕了。淑貴妃幾個月沒見皇帝，見形勢越來越差，也不管會不會驚了聖駕，便直接來到桂花塢門口。

「貴妃娘娘，您又來了？」守門的王公公看見淑貴妃，表情有些陰陽怪氣。

「又來了？你這是嫌棄我？」淑貴妃不驚不怒地說。

「貴妃娘娘，小的哪敢呢。」

這王公公一向不受寵，但是因為將大小楊氏伺候得很好，便受了她們的提拔。一朝被重用，便飛揚跋扈得很。

淑貴妃不想與他多說，直接走進桂花塢，卻被王公公攔了下來。「貴妃娘娘，我上次就已經與您說過，皇上說了，不喜任何人打擾。」

「我從不知，一個奴才還能攔著主子的路。」淑貴妃冷笑。「來人呀，給王公公三十大板。」

「妳敢！」王公公聞言十分驚怒，他可是皇帝身邊的第一紅人。

淑貴妃是宮裡的老人，積威頗久，一個女兒在羌族當王妃，還有一個可能登上大位的兒子，沒有人會願意為了一個奴才拂了她的面子，眾人面面相覷幾眼後，將王公公拖了下去，剎那間只聽見王公公喊爹喊娘的慘叫聲。

守門的奴才們見王公公被處置了，面上都有些猶豫。

「誰要是還敢攔這個門，本宮一個一個打。」淑貴妃慢悠悠說道。

終於，有人默默地讓開了一條路。神仙打架，凡人遭殃，他們雖然在宮中地位如螻蟻，但是也想活下去。

淑貴妃走進桂花塢，剛進門，便聞見一股濃烈的香味。

雖然現在是冬天，但是這裡面的樹上都裹了綠絲條，上面還綁了活靈活現的假花。

淑妃皺著眉，帶著下人走到正廳。寒冷的冬天裡，正廳暖和得很，皇帝正蒙著眼睛與一群姿容不凡的女子玩遊戲，而其中最銷魂的，便是大小楊氏了。

眾人起先沒有發覺門口的動靜，還是門口的太監向門外指了指，她們才看到淑貴妃一副看好戲的模樣站在門口，有一些膽子小的女子，已經停住了喧譁。

皇帝感覺到氣氛有變，皺著眉頭說：「這是怎麼了？」話說完，他便將蒙在雙眼上的帕子取了下來。

淑貴妃看見皇帝取下帕子，大吃一驚，皇帝那一雙清明的眼睛已經染上了酒色之氣，甚至顯得渾濁。

「皇上，您不應該在這兒。」淑貴妃心中有些憤怒，但還是沈著地說。

皇帝拍了拍受驚的美人的手，不耐地說：「妳在妳的殿裡待著便是。」這話十分嚴厲，相當於禁足了。

淑貴妃深知皇帝的性子，如果這時候硬碰硬的話，只怕會引起更不好的後果，於是福了福身子，在一堆女子的嘲笑聲中退了出去。

宮中其他人不是沒想過去桂花塢搶人的，但是連皇帝一向敬重的淑貴妃都得了這個下場，其他人也不會去討不開心了。

九皇子聽說淑貴妃被皇帝訓斥，瘋狂大笑了一番。

「這就受不住了？精采的還在後頭。」

再過幾日便是九皇子的生辰，他欲大肆操辦一番，給朝廷重臣都遞了帖子，這明顯的拉攏行為讓朝臣們有些心驚膽顫。不過皇帝都指名九皇子監國，那豈不是這位置就是九皇子的？大家猜測著，決定看看北定王府到底怎麼做。

北定王府收到了帖子，倒是十分配合說北定王世子一定到場，可是到了那日，朝暮之卻與石磊怒氣沖沖地回來了。

「這是怎麼了？」

北定王妃也十分喜歡石磊，將其視為子姪，朝暮之性子驕傲，被得罪很正常，但是石磊居然也十分生氣，就很少見了。

「真是欺人太甚！」朝暮之拳頭狠狠打在茶几上。

九皇子說要給大家介紹剛得的兩位美人，剛得兩位美人倒沒什麼，可是這兩位美人卻大大不妥，為什麼？這兩位美人長得神似沈芳怡、沈芳菲！這是明晃晃地打他們的臉啊！

九皇子生辰宴席上的那一齣，讓石磊十分不快，他在武場練了大半個時辰，才入了沈芳菲的廂房。

沈芳菲早就聽下人們說夫君一回家就陰沈著臉去了武場，便知道石磊在宴席上必有不順。她嘆了一口氣，難道真的是天命不可違，九皇子必登大位？

這時，石磊走進房中，見妻子臉上有些擔憂。他心中一緊，摸著她的臉說：「怎麼皺著眉頭，是哪個小丫鬟惹妳生氣了？」

沈芳菲抬頭看了看石磊，見他並不想將事情說給她聽，便只好轉了話題。「肚子裡面的孩子老是折騰我呢。」

石磊聽說是肚中孩子的錯，便坐到沈芳菲身邊，摸了摸她的肚子，皺著眉說：「生完這一個便不要再生了，免得再讓妳不舒服。」

別人家都是覺得多子多福，只有這位怕自己受苦，倒是只想要一個了。

沈芳菲靠在石磊懷裡，有些發笑，她嬌聲說：「不行，我還期待著兒女雙全呢。」

石磊聽了，不由得歡喜地笑了笑，哄道：「好好好，都聽妳的。」

兩人說完，便就寢了。

待沈芳菲睡著了，石磊從床上起身，走出院子，叫來手下機靈的小兵，對小兵說了幾句。

小兵聞言，不由得睜大了眼睛。「大人，我沒聽錯吧？」

石磊淡淡地說道：「我只是想給九皇子一份大禮而已。」

第二日，沈芳怡便上了肅國公府的門，她自主持北定王府的中饋以來，十分忙碌，兩姊妹反而見得比較少了。沈芳菲見沈芳怡來了，笑著說：「姊姊這大忙人來了呀。」

沈芳怡見妹妹和樂淡然的模樣，暗暗地鬆了一口氣，她坐到沈芳菲身邊，將丫鬟叫退了，對沈芳菲說：「妳可知道昨日九皇子生辰之事？」

沈芳菲搖了搖頭。

「我並不知，只是夫君殺氣騰騰地去了武場。」

沈芳怡見沈芳菲一問三不知，倒被噎了一下，石磊是真的疼沈芳菲，但是他不說，若是妹妹出去走動被別人提起豈不是更尷尬？

她嘆了一口氣，將事情說了。「當年我就覺得九皇子居心叵測，如今看了，還真是個氣量小的。」

沈芳菲聽了，並沒有雷霆大怒。「九皇子如此，倒是讓其他大臣越發忌憚了。」還沒上位就急著以這種方式羞辱政敵，若是上位了，豈不是翻了天？

沈芳怡點點頭。

「我公公十分生氣，活活將座椅劈了呢。父親也說，若是讓九皇子上位，那我們就真沒活路了。」

沈芳菲心有戚戚焉，這算是吃了一個啞巴虧，只能裝作不知道罷了。

「他這是想讓我覺得丟人？」沈芳怡笑道。「我倒要看看，是誰吃了這個虧。」

沈芳菲點頭稱是。

此事之後，沈芳菲、沈芳怡並沒有羞憤，如常過日子，讓那些看熱鬧的倒是消停了心思，反而覺得九皇子心胸也太狹隘了。

九皇子如此行事，再加上那亂糟糟的後院，沒讓沈家姊妹受到什麼委屈，倒讓九皇子妃如坐針氈了。大家都想著，九皇子妃過的是什麼糟心日子啊？要對付後院，九皇子眼中又只有沈家姊妹，而且孩子都落了幾個了。

九皇子妃不是瞎子，出去外面看到眾人異樣的眼神，便回娘家哭了幾次。其母親看女兒憔悴也實在心疼，可是九皇子不比一般人家，他們也不能打上門去啊，當年覺得九皇子為人溫和，會對女兒好，卻不知道一個男人的野心可以毀掉太多東西。

還沒等九皇子妃想出如何攏住九皇子心的辦法，石磊便將派小兵找的那位妾室送進九皇子府上，還言稱這小妾是他的遠房表妹，言外之意是九皇子若不善待這女子，他可不會善罷甘休的。

九皇子妃坐在椅子上，看著那名外貌與自己相似，但是氣質卻差了一大截的女子，差點喘不過氣來。她本來就是無鹽之女，靠的便是那大家閨秀的氣質撐場，如今肅國公送來如此村婦，讓她覺得備受侮辱。

可是再如何，也是自己的丈夫侮辱他人在前，九皇子妃不可能拍案而起，拒絕這個女人，只能咬著牙將她收進了後院。

九皇子回來後知道了此事，只是笑了笑，並沒有為九皇子妃出頭的意思。這讓九皇子妃十分心寒，若是九皇子登上了大位，後宮裡有這樣的女人，她又有何顏面做一個賢良皇后，管束眾人？

九皇子的冷漠讓九皇子妃的娘家人覺得，就算跟了九皇子也不一定有出路。

九皇子妃的母親看著女兒只低頭垂淚，她拍了拍大腿，長嘆一聲。

「閨女啊，妳到底怎麼想的？」

他們不是不疼女兒，若是九皇子妃對九皇子還有感情，他們再怎麼樣，也會為女兒籌謀一二，但如果對九皇子已經沒了感情，如今皇位又還未定，他們可不一定要支持九皇子！

九皇子妃自認為出嫁從夫，只小聲哭著說：「就當女兒的命不好吧。」

九皇子妃的母親看到此，不由得與女兒抱頭痛哭起來。

九皇子妃的父親看到此場景，不由得嘆了一口氣，他們家，上了九皇子這艘船，是要找後退的路了。

第八十一章

十二月，沈芳菲在屋子裡繡花，外面北風陣陣，而屋子裡因為地暖仍十分暖和。她眉目柔和地盯著手上的小衣服，對丫鬟說道：「我肚子裡的這個啊，調皮得很。」

大梁朝今年的冬天，注定是一個「多事之冬」，被沈家父子打退的狼族因為居住之地冬天大雪，凍死了不少族人，實在受不了，開始往大梁朝反攻。誰都不想有戰爭，但是連活都活不了，還怕什麼戰爭？

這次狼族來得特別凶猛，而九皇子卻沒有當一回事，不過是燒殺搶掠而已，就算是邊境百姓遭了殃，又和他有何關係呢？不過九皇子雙眼一轉，此事倒是可以利用一番。

「狼族侵犯我朝邊境，特派石磊為大將、沈于鋒為副將平亂。」

當命令下來的時候，大家都吃了一驚，石磊、沈于鋒確實是青年才俊，也受皇帝喜歡，但是狼族可不是說退就能退的，讓這樣沒有多年歷練的青年當將領適合嗎？

大家將目光投向了九皇子，見他笑得深不可測，便明白了，九皇子這是在消除異己呢。

在朝堂上，十一皇子一改之前吊兒郎當的模樣，與九皇子據理力爭起來。

「九哥你可是拿國事開玩笑嗎？沒有經驗豐富的老將帶路，年輕將領怎麼能獲勝？」

「十一弟，你在想什麼？年輕的將領們不上戰場，便永遠沒有機會磨練，況且，你怎麼能斷定我大梁就會輸？是對大梁沒有信心嗎？」九皇子厲聲道，讓十一皇子一時之間說不出話來。

「我不管，反正我不答應！」十一皇子鮮少歷練，口才比九皇子差了不是半點。

「不答應？這可是父皇的旨意！」九皇子從懷中拿出聖旨道。

九皇子都能拿到父親的聖旨了？十一皇子與朝中眾人心中一驚。

經歷此事，大臣們對兩個皇子有了新的認識，九皇子為了自己的大業，居然將國運當兒戲；而十一皇子儘管口才一般，但能夠分清主次，再說了，口才不大好的皇帝，群臣糊弄起來，也挺容易。

眾大臣請皇帝收回成命，但是皇帝卻在桂花塢不知今夕何夕，所有事都讓九皇子處理了，對他們拒之不見。

朝堂上吵得厲害，但是後院裡卻是一片祥和，沈芳菲繡著花，哎喲一聲，讓她身邊的丫鬟婆子不由得緊張地盯著她看。

沈芳菲在丫鬟婆子面前一向都是個大家主母的風範，如今有些失態，讓她不由得紅了臉。

「他踢我呢。」

石母在一邊，笑得合不攏嘴。

「我就說了是個小男孩吧，還是個調皮的。」

沈夫人在後院接到了沈毅打發小廝遞回來的消息，心中有些不安。想著女婿報喜不報憂的性格，自己的傻女兒只怕還不知道夫君要上前線了，沈夫人便對榮蘭說：「妳等會兒帶一些東西去一趟肅國公府，順便將妳妹夫與夫君要上戰場的事與芳菲說一說。」

榮蘭聽了，應了一聲，沈于鋒不是沒有上過戰場，但是上次的事仍讓她心有餘悸。

沈芳菲正無可奈何地被石母強迫著去床上躺著，卻見榮蘭上門了。「嫂子。」她對榮蘭無奈地說道：「妳看看我，一有什麼動靜便被弄得躺在床上。」

榮蘭看見沈芳菲時有些感嘆，當年她們還都只是小姑娘，卻不料一轉眼，都已成為婦人了。

榮蘭讓丫鬟們將自己帶來的東西收到庫房裡，坐在沈芳菲床頭笑著說：「之前是誰跟我咬耳朵說想生個和石磊一模一樣的小兒子?還說以後要將他培養得和父親一般有本事?」

沈芳菲倚在床頭輕輕地拍了榮蘭一下，笑著說：「說什麼呢。」

她一臉幸福的模樣讓榮蘭說不出口從朝中得來的消息。

「這是怎麼了?」

沈芳菲歪著頭看了看榮蘭，她們是手帕交，對對方了解甚深，見榮蘭面色僵凝，就讓她覺得有事要發生了。

「九皇子代皇上頒了旨意，讓妹夫與妳哥哥一起將狼族趕出去呢。」榮蘭悄悄地在沈芳菲耳邊說道。

「什麼？」沈芳菲有些驚異，一雙手抖了抖。

九皇子這招真是殺人不用刀。沈芳菲咬牙切齒道：「朝中大臣們難道就不反對？十一皇子呢？」

「十一皇子與朝中大臣極力反對，但是抵不過皇上與九皇子，只怕是木已成舟了。」什麼皇上的決策，明明是九皇子的。榮蘭嘆了一口氣。

在上一世時，石磊只要對上狼族是百戰百勝的，不可能這一世會有什麼改變。沈芳菲深呼吸了一口，面色有些蒼白地說：「我相信夫君與哥哥。」

榮蘭見沈芳菲短時間便平復過來，也吁了一口氣。

「我們也不是毫無勝算，要知道沈家還在呢，沈家的姻親們都不是吃素的。」

沈芳菲對榮蘭說：「還煩勞妳去南海郡王府一趟了。」

榮蘭笑著說：「那是應當的。」

兩人簡單地說了幾句，知道一味擔憂是沒有用的，還不如提前籌謀一番呢。

石磊回到家，便察覺氣氛有所不同，他並不喜將朝中之事帶到家中，脫了外衣便笑著對沈芳菲說：「這是怎麼了？我瞧著妳彷彿有心事？」

沈芳菲一雙大眼看著石磊，有些憂鬱地說：「我以為我們是連根的夫妻，卻不想你連要上戰場都不願和我說。」

她知道了？石磊一愣，又想到妻子可是世家出身，有什麼消息知道得快也是情理之中。

「上戰場是凶險之事，在這個關頭，我不想讓妳擔心。」

石磊回過頭，將沈芳菲摟在懷中，又摸了摸她的肚子，他的神情祥和專注，彷彿沈芳菲是他的無價之寶。

「我什麼都不求，只求你平平安安回來。」沈芳菲說著，紅了眼眶。身為貴女，她從小就接受了丈夫要出門建功立業的想法，而此時不知是有孕還是怎的，她的心脆弱得很。

「放心吧，我一定在妳生產前回來。」石磊安慰道。

沈芳菲聽了，才安心地點了點頭。

「九皇子派你與哥哥去前線，絕不只是讓你們打仗而已，你要小心。」

石磊聽了妻子的嘮叨，點了點頭，又輕聲說：「那當然，我還要回來看我的孩子健康長大呢。」

沈芳菲知道此事已經成了定局，她從石磊的懷中掙脫出來。

「我幫你收拾行裝吧。」

石磊聽了沈芳菲的話，笑了。

沈芳菲有些驚異地說：「你笑什麼？」

「上次也是妳幫我收拾行裝，我便想著，如果這女子能永遠幫我整理行裝便好了。不料夢想成真了。」

沈芳菲也想起了當時居然隻身跑到石磊府上幫他整理行裝，不由得紅了臉，她親手將石磊的衣物整理好了，還縫製了幾件裡衣。

石磊看著裡衣，十分心疼地說：「這些都讓下人做便是了，又何苦妳動手呢？」

沈芳菲笑著說：「你們男人上戰場擔的是性命的事，怎麼就不許我為夫君盡盡心了？」

石磊聽了，含笑將這些裡衣收好了。

十日後，石磊、沈于鋒帶著家人的殷殷期盼走上了征途。

這次皇帝並沒有出現，而是由九皇子犒勞大軍，他站在城牆最高處，對底下的大軍說道：「祝你們勝利歸來！」

九皇子盯著領頭的石磊與沈于鋒，面色有些晦暗——去吧去吧，走上你們的絕路吧！

沈于鋒騎在戰馬上，對石磊說：「敢不敢打一場勝仗回來？」

石磊笑道：「那當然。」

兩人揚聲大笑，將離開親人的悵然拋在腦後，帶著大軍策起馬兒，惹得路上塵土一片。

沈芳菲與榮蘭站在城頭，看著兩人越來越遠的背影，有些癡癡地捨不得。

沈夫人嘆了一口氣，到底是年輕，當年她也是如此，在城牆上，看了又看，不肯走開。

「回去吧。人都走了。」沈夫人對女兒和兒媳說，這也許就是武將夫人的命，提著一顆心，送他們走又迎他們回。她好不容易將丈夫等回來不走了，可兒子與女婿，又要上戰場賣命了。

沈芳菲反應過來，在丫鬟的攙扶下走下高臺，對榮蘭說：「不僅是他們，只怕我們也有一場硬仗要打呢。」

如今皇帝萬事不理，九皇子把持朝政，他派石磊、沈于鋒出去怎麼可能是出於善意？只怕恨不得他們早早敗了。

自己的男人在外面賣命，她們身為後院中的女子，又怎麼可能萬事不管呢？

沈芳菲回了府，對信任的丫鬟婆子道：「肅國公出去了，妳們得看好肅國公府，若是讓我知道了有人吃裡扒外，必不輕饒！」

丫鬟婆子們聽了，各自安排暫且不提。

石磊與沈于鋒身為年輕將領，帶出來的兵士都十分驍勇，他們到了北方，為北方軍注入了一股活力。大家都看著年輕將領們願意帶頭不要命，便也拿出看家本事。

北方軍體魄不比狼族差，只是對狼族有些畏懼，而石磊與沈于鋒一來，士氣大振，一連打了幾場勝仗，擊敗幾批狼族人，連連捷報讓朝中眾人鬆了一口氣。

沈家人接到捷報也覺臉上有光，沈毅後繼有人啦。

沈毅聽了這消息，倒是不驕傲，對沈夫人說：「肅國公府情況如何？」

沈夫人聽沈毅說起女兒，笑著說：「菲兒治家嚴得很，越是勝了，肅國公府越是夾著尾巴做人呢。」

沈毅聽了，笑了笑，又皺眉說：「我見這麼容易勝了，心中實在忐忑。」

沈夫人也明白他心中的隱憂，心中一邊擔心兒子，卻要勸慰丈夫說：「不要為他們擔心，鋒兒與磊兒可是得你真傳的，不會那麼容易出事的。」

「可是在多事之秋，我怕……」沈毅嘆了一口氣。「如今我們能做的，便是見招拆招了。」

沈夫人點了點頭，出了沈毅的書房，將管事叮囑了一番，越是這種時候，越是要低調。於是最應該春風得意的兩家，如今卻低調得無聲無息。

沈毅身經百戰，他的疑慮自然是有道理的，石磊與沈于鋒小勝幾場以後，狼族終於伸出狼爪，將大梁朝運送到前線的糧草給搶了！

聽到這消息，眾臣皆驚，催著九皇子再送去糧草，卻不料九皇子一拖再拖！

「狼族正是沒有糧草的時候，他們搶奪了我們的糧草，更為強大了，難道我們要再給狼族糧草？據我所知，軍中糧草還可以撐上一個月。為今之計，只能督促大軍在一個月內將狼族打敗了。」

九皇子說得義正辭嚴，但是多數臣子心知肚明九皇子是要弄死誰。

十一皇子氣得跳腳。

「你是拿大局勝敗開玩笑嗎？」

還沒等九皇子回答，葉碩將軍便站了出來。「我從來沒有聽說過因為害怕別人搶了糧草，便督促大軍限時打敗對方的。」

「哦？葉將軍帶兵多年，難道沒聽過哀兵必勝嗎？」尤將軍站了出來，他女兒正在九皇子後院裡，受寵得很呢。

葉碩笑了。

「您這麼有經驗，不如也趕赴前線看看？」

尤將軍被葉碩一說，恨不得掄起拳頭跟他打一架。

正當大家在為到底派不派糧草而爭吵時，葉閣老有些忍無可忍地說：「九皇子，這糧草，必須派，我就不信大梁軍看守不住這些糧草！」

葉閣老在朝中從來不說重話，與他有交情的人都默默地嘆了一口氣，九皇子此舉太過分了。

九皇子抿著嘴笑了笑，若不是他的人刻意放水，狼族能那麼輕易地搶走糧草？第一步已經走完了，他要下第二步棋了，誰能攔他？

九皇子力排眾議將決定傳給大軍，他一個人在府中的書房裡暗笑了三聲。

十一弟，你不是覺得自己很有能耐嗎？若我斷掉你的左右臂膀，看你還能笑得出來。

第八十二章

石磊與沈于鋒打了幾場勝仗卻不敢掉以輕心，狼族從來都是好戰的，而這幾次，也輸得太快了點，讓石磊莫名不安，像是有什麼陷阱等著他們。

他穿著大氅冒著風雪在城上往外看，城外狼族軍營有些稀稀落落，不像是盡力攻打的模樣，彷彿在等著什麼。他們在等什麼呢？石磊認真地盯著他們。

這時，沈于鋒神色匆匆地走了過來。「如果軍糧再不來，我們只有一個月就要斷糧了！」

每次他們在前線與狼族纏鬥，從來都是不死不休，只有一個月的糧食，根本不可能撐到獲勝的！

難道軍糧被狼族……？石磊雙眼閃過一絲精光，不可能！朝廷運送軍糧這麼多年，都沒有被劫過，這次怎麼可能！但若是有人故意讓他們劫了呢？石磊一顆心變得焦灼起來。九皇子再怎麼屬意大位，也不可能拿國運開玩笑吧？

雪，越下越大了，將士們被凍得渾身發抖，耳朵與手上都生了不少凍瘡，這時候本不是出兵的好時機，若是再沒有軍糧，這場仗就難打了。

「再撐一撐，也許是路上耽擱了。」石磊對沈于鋒說道，他又沈吟了片刻。「派信得過的家將往送糧的道上看一看吧。」
沈于鋒點點頭。「這也是我所想的。」
如今，還覺得九皇子對大位沒有興趣的人只怕是個瞎子了。自古以來，帝王上位，總有人要流血，如今九皇子深得皇帝信任，連摺子都是他在批，離那高位只有一步之距，大家要站出來反對，不為自己的頭顱著想，也要為身後一大家子著想。
有些懦弱的大臣乾脆閉上了眼，裝成瞎子，對九皇子藉狼族排除異己一事默默認同了。
沈老大人聽了沈毅說起此事，笑了笑。
「我倒不知道大梁的皇子一個比一個有長進了，居然利用狼族生事？我大梁將士的血白流了？」
沈老大人穿著當年在戰場上百戰百勝的盔甲，在眾人詫異的眼神中上了朝。「九皇子為什麼不派糧？難道是想將前線的將士們餓死，好讓狼族攻進來？」
沈老大人雖然已經退出朝事已久，但是戰功累累，手上還拿著先皇親賜的尚方寶劍，誰敢攔他？
九皇子也只能對沈老大人低著頭說：「沈老將軍想多了，我是大梁皇子，怎麼可能幫狼族？只是事情緊急，我怕軍糧沒有送到前線，又被狼族給搶了。」
「哦？難道我大梁已經沒人了？連個送軍糧的人都不敢站出來？」沈老將軍怒極反笑。

眼。

朝前眾臣竊竊私語起來，可是當沈老大人的目光掃射過去時，卻不敢對上沈老將軍的雙眼。

「我去。」葉碩站了出來，身為將軍，若是此時沒有站出來，那還不如去死，他挑釁地看了尤將軍一眼。

「葉小將軍，我記得西南軍情繁雜得很，你能脫得開身？不妥不妥。」九皇子還沒出聲，一個小文官便笑了出來，搖了搖頭。

葉碩雙眼一沈，正要反駁，卻不料沈老大人將寶劍抽了出來，向那個小文官走去，眾人皆驚，九皇子攔在小文官前。「沈老將軍，你……」

九皇子話音未落，沈老大人便手起刀落將那小文官送去見了閻王。

「眾人討論軍事，哪有你替主子說話的分兒？」沈老大人的盔甲上沾了小文官的血，他拿著那鮮血淋漓的劍，環顧了四周一圈。「先皇賜我這把劍，便是殺那些不忠不義之人！」

眾人見著他像是見了煞星，皆默默往後退了一步。

九皇子知道，若是此時不指派出送糧的將士，只怕沈老大人要大鬧朝堂了，他盯著那把劍，最終妥協了。「尤將軍，你來送糧。」

「九皇子！」尤將軍急道。

九皇子給了他一個眼色，他便低頭說：「臣必不辱使命！」

「哼！」沈老將軍怒哼一聲，便帶著劍出了朝堂。

九皇子看著沈老將軍離去的背影，看來這沈家以後是留不得了。

沈老大人回到家，沈家的女人們看到寶劍上的鮮血嚇得差點軟了腳，只有沈芳菲一個人急急走上前去問道：「祖父，情況如何？」

有哪個養在深閨的後院女人不怕血的？沈老大人心中閃過一絲詫異，孫女如此心急只怕是因為夫君和哥哥在戰場上吧？想到此，沈老大人皺著眉說：「情況不妙。」

九皇子直接指定了尤將軍，只怕他是下決心將石磊、沈于鋒置於死地了。

沈芳菲聽到這話，忍住搖搖欲墜的暈眩感，狠狠地吐出幾個字。「我們與九皇子，不死不休！」

沈老大人點了點頭，將劍遞給小廝，對沈夫人說：「妳去見見芳怡，如今北定王府已經退不得了，他們得拿出當年輔佐聖上的力氣來。我們既然是姻親，必然會鼎力相助的。」

沈芳菲回了府，有眼色的婆子們見她面色蒼白，便知道她心煩意亂，急匆匆地將軟榻弄好了，扶她去休息。

石母看見媳婦如此，也知道事情不大好，卻不敢上前添亂，只去了廚房為媳婦熬一碗補湯。

沈芳菲木然地靠在軟榻上。難道前世也好，今生也罷，九皇子都是天命，沈家都要覆滅在九皇子的手裡？就連她的丈夫也要喪命嗎？若是如此，她就不應該嫁給他，讓他當前世那個九皇子倚重的將軍便好了。

荷歡見沈芳菲如此，心中有些忐忑。「夫人，無論發生什麼事，都有辦法解決的。」

沈芳菲聞言，一雙無神的眼望著荷歡，是的，九皇子還沒登基呢，她還沒有輸，若是現在就退了，怎麼看到九皇子最後的下場？

「夫人，再怎麼樣，您得保重身子。哪有婦人懷孕還變瘦了的？若是肅國公回來看到您這樣子，必然要罰我們呢。」

荷歡話還沒說完，石母便端著一碗雞湯走了進來。「就是、就是，再怎麼樣，也要為了腹中的孩子著想啊。」

沈芳菲聞到石母手中的草藥雞湯，便想吐，但是為了孩子，她一口一口喝完了。

石母看著沈芳菲如此，鬆了一口氣，將碗接了過來，又盯了盯沈芳菲的肚子。石磊上戰場之前，她是珠圓玉潤的，可是出了此等事，卻消瘦起來，身上的憔悴氣息越來越重。

石母握著沈芳菲的手。「委屈我兒了。」

沈芳菲摸了摸肚子，感受著肚子裡生命的脈動，笑著對石母說：「我為夫君孕育兒女，哪來的委屈可言呢？」

軍糧本來是十分緊要的東西，而這次卻準備得特別慢。

負責運送軍糧的小官一片赤誠之心，知道若是軍糧晚一步到前線，那可是大梁朝與人命的大事，可是當他與準備軍糧的官員多說兩句，他們便一臉不耐地說：「誰要你們將士沒有本事？之前的軍糧都被狼族搶走了，如今這麼催我們，難道還要我們再給狼族準備一次？」

小官備受羞辱，握了握拳頭，送軍糧的明明都是精兵，而那條路也十分隱密，怎麼可能被狼族發現呢？莫非……小官想到此，渾身顫慄，不，不可能的。

石磊在前線與狼族對峙著，狼族不動，他也不動。

他站在城牆上，看著一片一片雪花落在地上。菲兒腹中孩子應該越來越大了吧，不知道菲兒如何？想到此，他一雙冷凝的眼才變得柔和起來。

「如今軍糧遲遲不來，我們只能撐二十天了。」石磊身後傳來沈于鋒焦灼的聲音。

石磊聽了，將一把雪握在手裡，感受冰涼徹骨的感覺後，說：「我覺得軍糧，不會來了。」

沈于鋒聽到此話倒沒有吃驚，他與石磊所想一樣，九皇子不可能將他們派到前線，看到他們連連勝戰而無動於衷。

「如今消息還沒傳出去，若是傳出去了……只怕軍心不穩。」沈于鋒皺著眉，心中十分憂慮。

「你放心，再過幾天，軍糧沒到的消息絕對傳遍軍中。」石磊幽幽地說，他已經在軍中發現了幾個九皇子的人，他命人盯著，只怕待九皇子一聲令下，消息將傳遍大軍。

「九皇子怎麼敢……」沈于鋒咬了咬牙，他願意為大梁流盡最後一滴血，卻不料被九皇子逼迫至此。

「人為了權勢迷了雙眼，什麼都做得出來。」石磊淡淡地說，九皇子如此行事，他並不驚訝。只是如今前有狼族虎視眈眈，後有九皇子一心謀害，他得想想如何才能破這個局了。

石磊摸了摸懷中的荷包，就算是爬，也要爬回去為她撐起一片天來。

「報告將軍，送糧的官兵到了。」傳令的小兵上了城牆，送糧的官兵到了明明是一個好消息，可是他的臉色卻煞白無比。

石磊瞄了小兵一眼，心中知道有變，急忙下了城牆，到了議事大堂，卻見來送糧的官兵寥寥無幾，他們大多受了傷，且並沒有帶糧草來。

「石將軍，我等無能，糧草被狼族劫了！」領頭的將士頭上被厚厚包紮了，手也斷了，一臉痛苦地說道。「若不是我還要留著這條命向你們示警，我早就與他們同歸於盡了！」

其他幾個送糧兵臉上都露出憤然的神色，狼族是如何找到他們並將糧搶走的？只能說是有內應了，可是送糧的兵士死傷大半，要查內應也很難查到了。

糧草被劫的事京城應該知道了，但是卻久久沒有派出傳達消息的人，也沒有說要繼續派糧草。這路，該怎麼走呢？

大梁軍們眼見來送糧草的將士只有幾個，還是身上帶著傷的，聰明的便知道情況不好了，他們心心念念等著的糧草，只怕是被劫了。

糧草不足的消息如瘟疫一般散播開來，儘管石磊治下嚴格，但是遮掩不住將士們的擔憂之心。

「老子打了那麼多場仗都沒有死，居然要餓死在這冰天雪地裡？」有的兵士如此說道，並將眼光暗暗投向了城中百姓。

石磊當眾處置了幾個主張從百姓家搶糧的兵士。「狼族都沒來燒殺強奪，我們倒先幹上了？」

聽到此話，主張搶糧的兵士十分愧疚，誰不是從小城裡出來的？誰家裡沒有親友？若是他們這麼被人搶奪了，自己一定要憤憤不平的。

但是不擾民的話，這仗怎麼打？

「急什麼？」石磊指了指沈于鋒說道：「我是沈家女婿，他是南海郡王家半子，朝廷難道還眼睜睜看著我們在前線餓死？」

此話一出，倒讓軍心穩定了些，相信沈家拚盡全力，也不可能讓他們折損在這兒。

剎那間，眾人看著石磊的眼神有了期盼。「石將軍，這糧草……？」

「不日便會送來，且等著吧。」石磊沈默寡言，不像沈于鋒早早與大家打成了一片，但是他的話格外有信服力。

其實也由不得眾人不信，只有抱著希望才能挺下去！

待眾人散了，沈于鋒才笑說：「我頭一次發現我這靠譜的妹夫居然是個謊話精。」他雖然贊同石磊穩定軍心的法子，但對送糧一事十分疑慮。

狼族的王聽說九皇子派了尤將軍派送糧草，只不過尤將軍在路上拖拖拉拉，只怕兩個月也無法將糧草送到前線，頓時哈哈大笑起來。「我從來沒有看到過如此天真的皇子。」將大梁朝的軍糧送給狼族也罷了，還認為他們真的會只要等石磊和沈于鋒敗了，便撤退。

狼王的心腹彎著腰笑說：「那九皇子身邊都是廢物，隨便用金子就能收買，九皇子還十分器重，認為得了人才呢。」

「等石磊與沈于鋒敗了，我們便等九皇子弄死北定王府與沈家，等他們一散，我們直搗大梁朝指日可待！」狼王拿著酒杯，志得意滿地笑道。

大梁朝外有沈家、內有北定王府，狼族對其十分忌憚，卻不料這個九皇子要將大梁朝的頂梁柱給滅掉，也不能怪他們狼族乘虛而入了。

「都說中原人聰明，可是這聰明全部都拿去跟自己人鬥了，不用我們出手，他們便將自己人整死了。」狼王的心腹又幫狼王倒上一杯酒。

狼王哈哈大笑，將酒喝了下去。

第八十三章

沈芳菲從沈夫人那兒聽說了朝上的消息，有些茶飯不思。

沈夫人抓著女兒的手。

「我將此消息告訴妳，並不是讓妳擔驚受怕的。而是妳身為石磊的妻子，必須要知道如此局勢，男人在前線打仗，我們做女人的，該硬起的時候，也要硬起來。」

沈芳菲知道母親是為了鼓勵她，勉強笑道：「母親不要多想，就算為了我肚子裡的孩子，我也得硬挺過去，如今我只想著，如何解無糧之危而已。」

沈夫人點了點頭，語氣凝重地說：「北定王府與淑貴妃已經知道了九皇子與狼族勾結的事，想必都在想辦法呢。」

沈芳菲咬著唇，點了點頭。

「淑貴妃一定能將皇上拉出桂花塢。」

「那當然。」

嘴上這麼說著，沈夫人在心中卻嘆了一口氣，淑貴妃不是沒去過桂花塢，可是皇帝連見都不見。

沈芳菲靠在榻上想了想，有些疲倦地閉了眼，過了片刻，她對荷歡說：「妳整理整理我們府上的收入，再問問如今米糧市價，就算將肅國公府的庫房掏空，也要湊出給前線的軍糧來。」

荷歡聽了這話並不驚訝，而是俐落地應了。

沈芳菲將被子拉了拉。

「雖然是杯水車薪，但還是希望能幫到夫君。」

過了一日，文秋上了門，她與大學士之子和離之後，被父親嫁給一個富商做繼室。

沈芳菲雖然身子有些虛弱，但還是笑著對文秋說：「今兒颳什麼風，把妳給吹來了？」

「我聽說妳家掌櫃的要將我們脂粉鋪子裡的份子錢取現拿出來？」文秋問道。她自從被沈芳菲救了，對沈芳菲十分感激，讓她入股了不少賺錢的鋪子。

沈芳菲知道在這關頭，文秋無事不登三寶殿，當年她投的份子錢雖然不多，但是一次取出來還是有些難度的。

「若不是軍糧不夠，我也沒想過把所有家底拿出來去買糧食。」

文秋聽了，眉頭微皺。

「妳居然是打的這個主意。」

沈芳菲苦笑。

「我夫君在戰場上拚命，我能做的也只有如此了。」

文秋不贊同地搖了搖頭。

「妳將所有家當都拿了出去，以後該怎麼辦？」

沈芳菲笑了笑。

「若這個難關不過，還有以後？」

文秋聽了，有些不滿地點了點沈芳菲的頭。「妳就是這個要強的性子，有了什麼困難也只想自己承擔，不問問別人。」

「此等大事，我怎好向別人開口。」沈芳菲長嘆了口氣。

「我怎麼能是別人？」文秋將懷裡的信拿出來給沈芳菲。「今日我來找妳，有兩樁事，第一樁便是問問妳有什麼難處要將份子錢都拿出來，第二樁便是要來告訴妳，這次軍糧尤將軍送不到也沒關係，我家存糧足夠這次軍糧了。」

這話擲地有聲，讓沈芳菲有些迷茫地抬起頭來。

「你們家的存糧？」

「妳不知道？我們做商鋪的都會囤一些便宜年分的存糧，等糧食漲價了再賣出去。」文秋笑著說：「去年剛好糧食特別便宜，於是我家那位多囤了點，正愁著銷不出去，哪知道出了這碼子事。」

沈芳菲聽了，心中振奮，從床上坐了起來，有些哽咽地說：「這雪中送炭的情分，我真是難以還給你們了。」

文秋有些生氣地說：「難道在妳眼裡我就是那等見死不救的小人？當我遇難之時，妳傾力相助，我深深將此恩情記在心裡，再加上這事關係到國運，我等大梁子民怎麼能袖手旁觀？」

沈芳菲聽了，只擦了擦泛紅的雙眼。

「是我傻了。」

「幸好我家的糧倉便在西南，離前線近些，這糧草送過去，會順利得很。我家那位已經啟程趕往西南了，有葉將軍陪送，七日內，糧草必到。」

沈芳菲不禁落下淚來。

「此事若不是妳，我都不知道要如何是好了。」

文秋皺著眉，拿帕子幫她擦了擦淚。「都是快當娘的人了，怎麼動不動就掉金豆子呢？」

沈芳菲連忙將此消息傳給了沈家，讓眾人都鬆了一口氣。

雖然缺糧一事已解決，但是朝暮之心中卻十分不平。「父親，難道真的要讓那尤將軍一直拖拖拉拉？」

北定王嘆了一口氣。

「他多的是理由，我們能拿他怎麼辦？」

朝暮之恨得一雙手都握出了青筋，如今皇帝還沒去世，皇位還不是九皇子的，他們該做的便是奮力一搏。

「父親，到此情形了，我們不如奮力一搏。」

北定王聽到此話，有些懷念，當年皇帝被逼到角落，他也是如此對皇帝說的，卻不料如今他們也要被皇帝的兒子逼到角落了。

「奮力一搏？那就搏吧。」

第三日，朝暮之策馬趕上送糧隊伍，以送糧不力為由將尤將軍斬殺了，震驚朝野。

朝暮之將尤將軍砍了也不回來請罪，而是寫了封信給九皇子。

軍情緊急，我且將軍糧送到前線再將功折罪了。

這話激得九皇子顫抖無比，去了幾封信暗示尤將軍的手下將他弄死，可是屢屢都沒有回音。

朝暮之可是帶了北定王府的精兵，過來以後說一不二，有異議可以，與尤將軍一起討論吧，如此誰還敢與他作對？只想著早日將軍糧送到，離了這個煞星。

九皇子在朝堂氣得跳腳，指著北定王說：「朝暮之怎可隨意斬殺朝臣？」

「耽誤軍情，死一萬次都不夠。」北定王淡淡地說，九皇子現在還只是個皇子，真正管事的還是皇上呢，莫非他還敢將自己殺了不成？

在朝上受氣也罷了，九皇子回到後院，還有一個尤薇，她本來就性子潑辣，父親還因為辦了九皇子的差事莫名其妙被人砍了，於是每次都與九皇子鬧個不停，希望他能為她父親報仇。

後院之事本應該是九皇子妃管著，但是九皇子妃摸不清九皇子對尤薇的心思，只得睜一隻眼閉一隻眼，任由尤薇將後院鬧得烏煙瘴氣，最終還是九皇子出言將尤薇關了，要不然尤薇差點把那些看她笑話的妾室打死。

北定王帶領著宗室上了朝廷，當年先皇對宗室十分忌諱，宗室們為了保全自己，都退出了朝廷，每天養鳥遛狗，日子過得不亦樂乎。

到了這一代，雖然不入朝理事，但從小宗室們都受著朝臣的尊敬，本來鼻子就翹得比天高，對母親是賤奴的九皇子很是看不起，卻不料皇帝居然讓九皇子理朝，他們是萬萬不肯的。

當九皇子再一次提議派大軍將朝暮之追回來並定罪的時候，宗室中一個年輕人慢悠悠地開了口。

「九皇子如此將罪臣當功臣，將功臣當罪臣，莫非與狼族有什麼協議不成？」

這位雖然年輕，可卻是先皇最小的兒子，在輩分上是九皇子的叔叔，當年先皇對他可是千嬌萬寵，若不是年紀太小，搞不好皇位便是他的了。

「皇叔怎麼能這麼辱我？」九皇子的陰謀被勘破，一顆心怦怦跳。「我可是一心為朝廷著想。」他雙眼深沈，默默地將這位皇叔記住了。

「蕭兒，你怎麼就認為是姪兒勾結了狼族呢？依我看，搞不好是姪兒年紀小，沒有見識，被尤將軍欺騙了呢，勾結狼族的必定是尤將軍！」一個中年男子站了出來，他當年與皇子們爭皇位爭得你死我活，卻不料被皇帝撿了便宜，從此以後再也不上朝廷，卻不料再次上朝廷卻是料理皇帝留下的爛攤子。

這位老皇叔想起以前被皇帝搶了皇位還處處受制的日子，心中一炸，扯著喉嚨大喊：「姪子啊，這尤將軍得查，細細地查！」

九皇子忍無可忍說道：「皇叔！尤將軍去送軍糧，莫名其妙被人砍了，屍骨未寒，你們還要查他，讓大梁其他將軍怎麼看？」

老皇叔呵呵笑了一陣。

「小姪兒，你還是太嫩，若是在戰場上打仗，軍糧莫名其妙的被拖延了，朝廷還不懲罰那個主事人，你讓大梁其他將軍怎麼看？」

九皇子被將得下不了臺，狠狠地將雙眼掃射到了一旁沈默的大臣上，大臣們在九皇子凶惡的眼神中保持了沈默。宗室們，總是不好惹的，大神打架，他們小鬼去亂纏什麼呢？

老皇叔一向強勢，笑著說：「如今我那弟弟病著，我想著姪子你好歹能主持大局，可是不料你被卑鄙小人蒙蔽，這個頭，我幫你出吧。」老皇叔這話說得，像是整個宗室都不看好九皇子的能力。

「李尚書你怎麼看？」老皇叔側頭看向李尚書。

李尚書出自吏部，若是尤將軍真有失職，的確該徹查，於是他點了點頭。

老皇叔滿意地點了點頭，對九皇子說：「此事先到此為止，你有什麼事，一併處理了吧。」

九皇子緊緊地咬住舌頭，難怪先皇要將這些宗室逼出朝堂，若是什麼事都讓他們跳出來指手畫腳一番，還怎麼做？

如今九皇子後院裡最慘的便是尤薇了，她父親本是支持九皇子的將軍，卻不料父親出去辦事被人砍了，九皇子不但不能幫她尤家出氣，居然還要調查她父親有沒有勾結狼族。尤薇這輩子從小就是順風順水的，眾人都要禮讓她三分，卻不料現在隨便一個人便能對她冷嘲熱諷了。

尤將軍與尤夫人十分疼寵這個女兒，一點風霜雪雨都不願意讓她知道，這尤將軍幫九皇子接洽狼族一事，大家是瞞得尤薇死死的。

尤將軍死了，如今要查尤將軍的底，尤夫人十分忐忑，若是真的被查出來尤將軍與狼族有什麼，這可是要滅九族的。雖然尤將軍是幫九皇子辦事，可她說出來了有誰信呢？就算有證據，第一個要殺尤家的，便是九皇子。

李尚書幾天便查到了尤將軍確實曾經與狼族秘密接觸！

九皇子在朝堂上一臉不可置信。

「尤將軍一向忠心為國，他怎麼會？」

老皇叔看著這個姪子裝什麼都不知道，不屑得很。可是他能質疑九皇子任人有問題，卻不能說九皇子自己也與狼族有染。

「這人心總是不足的，你還需要多多磨練。」

尤將軍死了，該審的便是尤家其他人了，卻不料尤夫人因為畏罪，一把毒藥將尤家全家上下都毒死了，還縱火將尤家燒了乾淨，大有隱瞞證據之意。

朝廷上大臣們面面相覷，如今尤家的人全死了，除了九皇子後院的那個尤家女兒，但是罪不及出嫁女，相信那位也不會知道什麼消息。

尤薇身分一落千丈，此時她連鬧的勁頭都沒了，整天對著牆壁發呆，像一個活死人。

九皇子也不至於對這樣的人出手，只是後院對尤薇的折騰他是徹底不管了。

尤薇看著牆壁暗房裡的那封信，笑比哭還難看，尤府上下被燒光一事，只怕是她的「好夫君」做的吧。

尤薇從前囂張跋扈，就算九皇子妃現在忙著懷孕生兒子沒空搭理她，其他妾室也會爭著踩她一下，她每日在這些冷嘲熱諷、僕人的奚落中，卻顯得坦然自若。

第八十四章

沈芳菲知道了尤家的事，轉眼就想到了前世的沈家，九皇子前世今生都如此薄情，只要沒有利用價值便可以像破抹布一樣扔掉，倒也不怕這些被丟棄的人聯合起來拉他下地獄？

沈芳菲在九皇子府中的奸細送給她的嬰兒衣服裡夾帶了紙條，上頭寫著尤薇可能有後手。沈芳菲握著紙條點了點頭，全族都覆滅了，居然還能夠不動聲色，那就看她能將九皇子拖到地獄第幾層了。

沈芳菲將紙條在蠟燭上燒了，自言自語說：「什麼時候才有安生日子過？」

石磊在前線剛為糧草發愁，卻不料幾天之內迎來了幾批糧草，第一批是老百姓聽說糧草不夠自發送的，第二批是文秋家派人送來的，第三批便是朝暮之親自押來的糧草。

城外的狼族不知道糧草已秘密送到，心中還打著等大梁軍糧草不夠了，眾人腹餓難忍的時候，一舉攻下。

朝暮之與石磊走上了城牆，看著那些按兵不動的狼族，諷刺地笑了笑。「狼族真是不見兔子不撒鷹（注），還等著我們糧草盡了，城內混亂的時候進攻呢。」

注：不見兔子不撒鷹，比喻不到時機，或對沒有把握的事，絕不貿然行動。

石磊沈靜地看著城牆外駐守的狼族，如今糧草充足，軍心穩定，很適合趁狼族不注意的時候攻擊一番。他思量著如何才能讓狼族傷亡更多，卻聽見朝暮之問說：「此次我們送糧來到北城，受阻頗多，你知道這次事件的幕後主使人是誰？」

石磊並不驚訝朝暮之會問這個問題，只淡淡回答說：「九皇子？」

朝暮之陰鬱地點了點頭。

「大梁朝不需要為了私人利益出賣朝廷的人。」石磊回頭對朝暮之說道。「我將保證北城大勝，可是朝堂的事，便要交給你了。」

「這群陰魂不散的。」

朝暮之看了看城牆外的狼族，皺著眉頭罵道。他的腳在雪地上踩了一陣子，深深呼了一口氣。

「你放心，我想皇上該從那個夢鄉裡出來了，我們北定王府也不是好欺負的。」

「跟菲兒說，我在北城好好的。」

石磊一雙眼睛在提到沈芳菲的時候，到底是柔了柔。

「她說了，等你回來。」朝暮之在寒風中說道。

石磊點了點頭，看向京城的方向，並沒有回話。

送走了朝暮之，石磊便召集北城內的將士們制定對付狼族的計畫。

石磊指著地圖對將士們說：「這次戰役我們需兵分兩路，將狼族前後包抄。一路在狼族軍營後面突襲，一路在北城正面迎敵。」

將士們聞言，雙眼都迸出興奮的光芒。

因為缺糧，他們一直不敢輕舉妄動，而狼族居然派人在城牆下肆意辱罵他們，讓他們氣得吐血，如今可以讓狼族看看他們的厲害了！

「可是……」有一個年紀大些的將領有些猶豫地說道：「正面迎敵雖然簡單，但是誰去狼族軍營後面突襲呢？」

狼族就在北城大門前，要包抄到他們身後，可不是一件容易的事。

石磊聽見將領的疑問，指著北城的南面。

「這裡有一座山，雖然險峻，但不是沒有辦法攀爬過去，若是成了，便能對狼族形成包抄之勢了。」

北城南面這座山名虎狼山，山勢險陡，但是離狼族的後方十分近，若是能越過這座山就好辦了。

「法子是不錯，但是由誰帶兵翻越這座山呢？」那位將領又發話了，負責帶兵的將領必須要驍勇善戰，且能服眾。

在那座山中，若是士兵們不服從、不合作的話，很容易還沒戰勝狼族，便被這座山給征服了。

「我來。」

石磊彷彿早就預料了會有人問這個問題，便直直說了出來。

「你？不行！」沈于鋒在一邊出聲阻止。「你是這場戰爭的主帥，怎麼可能讓你去？」

「我帶兵士上山以後，北城中的所有事物，由沈副將負責。」石磊看了沈于鋒一眼，並沒有聽從他的話，而對身邊的將領說道。

其他將領雖然心中有些反對，但是卻也知道能勝任這個位置的，必是石磊無疑。

「新年要來了，誰不想早早打完這場仗回去呢？」石磊揚聲說道，他見四周的將士們面上露出了渴望的光芒。

「這場仗，我們必勝。」

「我們必勝，必勝！」

將士們跟著石磊開口喊道，家中以前便住在山區的人更是主動請纓，與石磊一起越過那險山，包抄狼族。

石磊決定已下，便吩咐底下的軍官準備越山的器物，而沈于鋒跟在他身後有些不滿地說道：「你這是何苦？」

「這場仗，務必速戰速決，我答應了菲兒，回去陪她生產的。」石磊頭也不回地說道。

這……真是……

沈于鋒跺了跺腳，真不知這個妹夫是死心眼還是癡心人，罷了罷了，他如此有信心，自己便守好北城，等他突襲的時候，與他裡應外合吧。

既然計策已下，石磊帶著一組人馬揹著上山的工具走得十分迅速。

沈于鋒將他們送到了山下，看著山上白雪皚皚，他有些擔憂地對石磊說：「你要小心。」

石磊對沈于鋒笑了笑，便帶著身後的兵士上了山。

這次突襲他又何曾有過完全的信心？但是身為軍人，身為將士，他不身先士卒，又如何服眾？他回頭看了看信任他的將士們，揚聲說道：「你們小心，家中還有人等著我們呢。」

「是！」石磊身後傳來整齊的回應。

石磊一步一步地往上走著，突然山上響動著，掉下來好多雪塊，大家統統將手上的擋板往頭上遮去，一陣寒風過去，雪塊似乎掉完了，石磊站了起來，將身上的雪拂去了，大聲說：「大家還好吧？」

「好著呢！」兵士們都堅強地站了起來。

有性子活潑的兵士更是說道：「沒有和狼族幹上之前，我們怎麼捨得死呢？」

話音剛落，隊伍中便哄笑起來，一行人又爬起山來。

據探子報，山中的雪越來越大了，沈于鋒心中焦灼，不知道與石磊的三日之約是否能實現？

若是石磊……妹妹該怎麼辦？

沈于鋒在城牆上走了兩步。「再檢查一遍裝備與布置，這次計畫，不容出錯。」他轉身對軍官說道。

到了沈于鋒與石磊約定的那天，沈于鋒在城牆上，看著底下狼族的動靜。

狼族似乎不知道後背有人來襲，在北城城門前還是耀武揚威的模樣，甚至還騎著馬在城門前轉悠吹哨。

呵……

沈于鋒咬了咬牙，盯著狼族的後方。

石磊啊石磊，你可一定要過了那座山。

他在心中默唸道。

「報！狼族有變！」

一個小將跑了過來，對沈于鋒說道，他的聲音因為興奮而變了調，石磊他們翻過虎狼山了！

沈于鋒定睛一看，見一組人馬攻進狼族後圍，惹得狼族措手不及。

「給我弓箭！」

沈于鋒從身後的將士手中拿過弓箭，對著城門口那幾個騎著馬耀武揚威的狼族人射去。

沈于鋒的箭術在大梁朝算是頂頂的好，幾箭便將那狼族人射了下來，惹得狼族軍營一陣驚慌。

「開城門！」

沈于鋒拿著弓，走下了城牆。

「我們反擊的時候到了。」

「什麼？前後夾擊？該死的大梁人！」

狼王在營裡慌了神色，他匆匆拿了武器便往外面走，卻被下屬攔了下來。

「大王，這次大梁來者不善啊，請您還是保重自己。」

「什麼？我狼族人還有怕他們的時候？」

狼王將這名下屬揮到一邊，氣憤地說道。

他出了營帳，卻只看見狼族人遍地哀號，穿著黑色鎧甲的石磊帶著隊伍已經衝到了狼王面前。

狼王看著石磊那雙沒有情緒的眼睛，突然有些膽寒，他暗罵一聲，拿著大刀往石磊砍去。

狼王身體健壯，石磊抵住這一刀有些吃力。

他喝了一聲，將狼王的刀抵了過去，狼王被摔在地上，石磊快速用劍在他的胳膊上刺了一個血窟窿。

狼王感到左胳膊一陣疼痛，他抬頭看了看石磊，他面色沈著，猶如修羅，見神殺神，見魔殺魔，不由得對這個將軍有些打從骨子裡生出的懼意。

「陛下！」

狼王的下屬趕了過來，攔住石磊的劍，狼王在地上滾了一圈，在趕來的貼身部下的掩護下，向著前方逃了。

「撤！撤……」狼王一邊走，他身後的部下一邊喊著。

戰場上一片狼藉，驍勇善戰的狼族人一時之間成了落水狗，屁滾尿流地撤退著。

大獲全勝！

沈于鋒心中振奮，騎著馬便往狼王逃離的方向追去，卻被石磊攔了下來。「窮寇莫追。」

沈于鋒這才有些清醒過來。

若是將狼族滅了，任憑羌族一家獨大怎麼辦？

長久以來，可是大梁、狼族、羌族三國制衡的。

「我們贏了！」

此時，從大梁朝軍中傳來了興奮的聲音。

北城離狼族近，經常被狼族人騷擾搶劫，如今他們大獲全勝，簡直是一雪前恥。

石磊看著振奮的大梁軍，唇邊閃過一絲笑意，終於可以回去了。

此時，雪越下越大，掩蓋了戰場上的血跡與創傷，一匹急報軍情的馬已經踏上了回京城的路。

淑貴妃雖然招了皇帝的訓斥，但是仍管理著宮中事務。

妃嬪們看皇帝如此偏寵那大小楊氏，全都等著皇帝出來以後將這大小楊氏撕成碎片。所以當她們看出淑貴妃要出手整治這兩個人後，恨不得也貢獻一分力，一時之間，宮中女人們的心居然扭成了一股繩子。

只是這大小楊氏怕是得了高人的指點，從來不走出桂花塢半步，只牢牢地攀住皇帝的身體和心。

君不出來我便去找君，淑貴妃身為宮內身分最高的女人，卻不大喜歡以華貴衣飾彰顯身分，可是今日她卻對心腹宮女說：「將我最華貴的衣服拿出來，我要再去會會那大小楊氏。」

負責梳妝的宮女畢恭畢敬地為淑貴妃化著妝，淑貴妃看著鏡子中的自己，想起自己年輕時為了皇帝，以貴女的身分力抗欺負皇帝的公主們，也是如此認真地全副盛裝。

如今她全副盛裝，卻是要對付皇帝的其他愛妃了，更可笑的是，她不過也是愛妃中的一個而已。

「我老了。」淑貴妃對著心腹宮女說。

「娘娘您老了，我們還有誰敢說年輕呢？」心腹宮女知道淑貴妃心情沈重，笑著給淑貴妃逗樂子。

淑貴妃聽了這話，無奈地搖了搖頭。

「如今也只有妳們才能哄我了。」

負責梳妝的宮女心靈手巧地給淑貴妃盤了一個髻，將珠光閃閃的鳳釵插到了淑貴妃頭上，奉承著說：「娘娘是宮中唯一能戴鳳釵的呢。」

皇帝曾經許諾淑貴妃后位，卻為了制衡北定王府，只封了她貴妃位，在心中有愧之下，皇帝在先皇后去世後，便賜了淑貴妃一支鳳釵，允許她戴鳳釵行走。但淑貴妃為了避嫌而從來沒有戴過。

男人的內疚，總是十分短暫的，昨日還與妳情意綿綿的，可是今日就與其他女人躲在了桂花塢裡不出來。

淑貴妃閉了閉眼，忍住了澎湃的情緒，只等著梳妝的宮女給她搽上唇脂。她再次睜開眼，鏡子中的她都讓自己陌生，她已經多久沒有上妝了？淑貴妃自嘲地笑了笑，難怪他不喜歡她了。她這麼多年來放棄華貴衣裳而選擇素裝，只怕也是心懷怨懟吧。

淑貴妃嘆了一口氣，若不是他的糊塗不給她與她兒子活路，他們這輩子，也許就這樣過下去了。

淑貴妃宮中的老人們面上都有喜色，要知道淑貴妃年輕的時候可是盛氣淩人的，可是到了如今天天青燈木魚，可見日子過得多麼不好。如今淑貴妃突然盛裝打扮起來，讓老人們覺得有了一絲盼頭。淑貴妃終於露出了本性，若是皇帝怪罪了又如何？大不了一起陪著淑貴妃去冷宮吧。

第八十五章

淑貴妃插著鳳釵，穿著大紅色的衣裳上繡著金絲，一雙八寶鞋上鑲著從南海進貢而來的稀世珍珠，一張臉褪去了少女時期的稚氣，卻更顯成熟風韻，她環顧四周，說道：「這宮中，始終還是太清靜了，走吧。」

淑貴妃在前頭走，她的心腹們跟在後面，心中始終都有些忐忑。

皇帝已經在桂花塢裡好久不出來了，淑貴妃雖然地位超然，但惹皇帝不高興了怎麼辦？可這樣被九皇子強壓的日子還要過多久呢？難道要等九皇子登上那龍位，將他們統統趕進冷宮？

淑貴妃宮中的人顯然十分明白敵人是誰，此時不奮力一搏，只怕以後都會被別人踩在腳底了。他們深深呼吸了一口寒冷的空氣，跟在盛裝的淑貴妃身後，將胸脯挺了起來，主子還沒倒呢，他們這後面的人怕什麼？

淑貴妃走到了桂花塢前，仍然被人攔住了，攔住她的人不是別人，正是那王公公，王公公顯然記得上次被淑貴妃處置的事，雖然攔著淑貴妃，但是口氣卻和緩了許多。

「淑貴妃請留步，皇上說了，不需任何人進來。」

淑貴妃站在桂花塢門口，聽著裡面縷縷不絕的絲竹聲，一絲隱隱的香味飄蕩在她鼻尖，讓她皺了皺眉頭。

「我今日不想處置你，你便退後一步吧。」

王公公惜命得很，雖然他的背後是九皇子，但是他也明白若是得罪了淑貴妃被杖斃的話，九皇子也不會保他，便面上猶豫地說：「娘娘，這真的不可以……」

「行了行了，讓開吧。」

淑貴妃心中不耐，揮了揮手。

門口的奴才們心中都有了打算，上次淑貴妃闖了桂花塢，皇帝並沒有任何處罰之意，只是口頭禁了淑貴妃的足，這等子懲罰，簡直是毛毛雨……

「你們不用擔心了，若是皇上怪罪下來，便是咱們家娘娘硬闖的，你們人小勢微能有什麼法子呢？」淑貴妃身後的心腹太監身為奴才，當然明白這些奴才在猶豫什麼，便放聲說道。

淑貴妃聽了此話，也靜默地點了點頭。

眾人見淑貴妃也點頭了，便咬了咬牙，默默地站在兩邊，讓出一條道來。

淑貴妃跨過桂花塢的門，便聽見大堂裡面女人們嫵媚的笑聲，天氣雖然很冷，但是桂花塢裡還是暖得很，若她是男人，只怕也要在這個溫暖窩裡長醉不醒了。

淑貴妃走到大堂前，便見皇帝與幾個女子圍成一圈喝酒，一個嬌俏的女子站了起來，拿著大紅色花球，捂著嘴巴笑著圍著皇帝走了一圈，又將花球悄悄地放在了皇帝身後，笑著離開。

皇帝往後一摸，正準備站起來去追那女子，卻雙眼一轉。

「妳將花球放在我身後都沒有說一聲，真是不聽話，該罰。」

女子已經坐回位子上，聽皇帝這麼說了，嬌笑著說：「您怎麼能這樣，那我就罰自己脫一件好了。」

那女子將外衣直直扯了下來，露出了白皙的手臂。

淑貴妃身後的奴才都有些不忍直視。

如此狐媚子，比那花樓裡的女子好不了多少，偏偏這麼多男人就是沈迷於其中，連十分英明的皇帝也不外如是。

淑貴妃走了進來，門邊的女子們早已經看到了，可是她們只在桂花塢裡待著，與宮中其他妃嬪接觸得少，又因為皇帝的寵愛而天不怕地不怕，即使看見了淑貴妃也沒有起身敬禮，還是往皇帝身邊靠了靠，露出示威的神色。

淑貴妃淡淡地看了看那些女子，問貼身太監道：「你告訴我，宮中沒有品級的女子看到貴妃沒有行禮，要怎麼處置？」

「應該將她們送到宮中學規矩的地方重新學學規矩呢。」淑貴妃身後的貼身太監彎著腰笑著說。

他們的聲音不大不小，卻也足夠讓絲竹之聲停下來了，被淑貴妃打量過的女子聽到此話，都打了一個寒顫，她們都知道宮中學規矩的地方是多麼蹉跎人，便不情不願地站起來對淑貴妃行禮。

「貴妃娘娘吉祥。」

皇帝似乎喝多了，搖搖晃晃地看向淑貴妃，一雙眼睛裡有些無奈。

「妳過來幹什麼？」

喲，還認得她？這說明還有得救，淑貴妃對貼身太監說：「不是要將她們送到宮內學規矩的地方？還不快快行動？」

貼身太監應了一聲，派了幾個力大的女官走到皇帝旁邊，意欲將那幾個沒有行禮的女子拖出去。

「皇上，皇上！」這幾名女子一臉倉皇，可憐兮兮地看著皇帝。

「妳們幹什麼？」皇帝有些發怒，想站起來，卻發現腿腳無力，眼前都冒著金星。

「皇上讓我負責宮務，對於不守規矩的女子，我必然是要好好教導的，等她們懂得規矩了，我便再放她們出來伺候皇上。」淑貴妃笑著對皇帝說，一雙眼睛卻絲毫沒有溫柔之色。

皇帝身體乏力，連發洩怒火的勁頭都沒有，只能點點頭，讓女官將這幾個女子拖了出去。

其他那些早已被寵到無法無天的女子陡然發現，自己在皇帝眼中根本不算什麼，一時之間，場面變得冷淡起來。

「妳來幹什麼呢？」皇帝捂著頭，有些頭疼地問道。

「皇上整天在這美人窩裡不知今夕何夕，臣妾想見皇上，於是便來了，不僅是臣妾，陳妃、蔡貴人也都等待著皇上的垂憐呢。」淑貴妃對皇帝行了一個禮，她說的這幾個都是在皇帝面前得臉的妃嬪。

「哦？」

皇帝喘了一口粗氣，他身後伺候慣了的太監便知道他是犯了癮了，連忙將大靠枕拿給皇帝，並將吸食五毒散的工具拿了出來。

「她們不少吃不少穿的，惦記我幹啥？」

皇帝舒舒服服地靠在靠枕上，將煙筒放入嘴中，顯得十分萎靡，完全沒有了當年英明的模樣。他覺得淑貴妃有些不一樣，定睛看了看，喟嘆說：「好久沒見妳如此梳妝打扮了，我還真有些不習慣。」

「皇上，您怎麼光顧著姊姊而不管我們姊妹呢？」還沒等淑貴妃開口，大楊氏便撒嬌道，她生得明眸皓齒，大胸細腰，說的話也格外討人喜歡，在皇帝面前一向都有幾分體面，在如此情況下，能大膽說話的，只有她了。

淑貴妃盯著大楊氏開了口，雙眼瞇了瞇。

「什麼時候我與皇上說話時，一些無關的小貓小狗也敢竄出來了？」

大楊氏被這麼一說，一雙顧盼生輝的眸子裡染上了委屈的神色，她回頭看了看皇帝，卻見皇帝並沒有為她出頭的意思，只能將這怒火壓了下去。

皇帝狠狠吸了一口五毒散，雙眼有些渙散地看著淑貴妃。

淑貴妃年輕的時候也喜歡穿大紅色的衣裳，他當時接近她是為了她的哥哥手中權勢在握，若是讓她喜歡上自己，便能獲得北定王府的支持。最終那個驕傲的貴女的心終於是被他得到了，他也曾經想過好好對這個貴女的，可是從什麼時候開始他對她起了疑慮呢？皇帝晃了晃頭，這些事都太久遠了，遠到他不願意去想了，他看了看嬌嫩的大楊氏，他年紀老了，曾經想要做的雄圖大業實現得太少，如今便只想在這些年輕女子身上獲得精力了。

淑貴妃看著不知道在想什麼的皇帝，心中閃過一絲怒火，當年他們北定王府將他扶上皇位，可不是為了讓他老年來頹廢的！

「皇上，如今大梁需要您。」

「需要我？」皇帝反問了一句，如今他越發力不從心，而兒子們的年紀卻一年年大起來了，他無所謂地笑說：「如果我不在，你們不是更加開心？妳回去吧。」皇帝揮了揮手。

一旁的小楊氏穿著如紗的透明衣裳，露出了鼓鼓的胸脯，嬌笑著說：「姊姊還是儘早回去休息吧，皇上說了今日繼續陪我們呢。」

呵，姊姊？妳這年紀，做我的女兒都可以了。淑貴妃有些嘲諷地想。

「若是皇上今日不與我出桂花塢，我今日便不回去了。」淑貴妃叫貼身太監拿了一把椅子過來，還叫宮女們拿來了桂花茶，姿態優雅地坐了下來。「無論如何，臣妾都等著皇上。」

老子現在是皇帝了，妳還能壓制我？

皇帝心中憤怒，卻還真不敢拿淑貴妃怎麼樣，便只能掩了眼，意欲眼不見心為靜。

見皇帝重新躺回了軟榻，大楊氏顯然是個善於揣摩皇帝心思的，連忙嬌笑著說：「皇上，剛剛遊戲我們玩到一半，再來一輪吧。」

皇帝聽了點了點頭，他不敢將淑貴妃怎麼樣，但是把她氣跑是可以的吧。

皇帝都點了頭，那些美人便放心玩了，稍微冷硬的氣氛在桂花塢裡又變得軟和起來，絲竹聲又響了起來，加上美人們的鶯聲燕語，像是到了天堂。

這些狐媚子，淑貴妃身邊的下人們對這些美人十分不待見，掀了掀眼皮，一副看不上的樣子。

但是淑貴妃並無異色，看著這撩人的場景，如同看戲。

皇帝起先是不管淑貴妃，與美人們玩了一會兒，可是他總覺得身後有一道視線注視著，讓他坐立不安。

皇帝如芒刺在背，莫名心虛得很，即使身邊是一向疼寵的美人也無法投入玩樂。

「妳到底要怎麼樣？」

皇帝忍無可忍地咆哮了出來，美人們也立即停止了嬉笑，絲竹之聲停了，大家都愣愣地看著皇帝與淑貴妃。

「臣妾請皇上與臣妾出桂花塢，不知道有多少國事等著您呢。」淑貴妃看著自己青蔥一般的手，好整以暇地說道。

「朕不出去就不出去！」相比淑貴妃的冷靜，皇帝顯得有些像小孩子，無理取鬧起來。「老九不是代我幹得很好？莫非不讓妳的兒子上位，妳便來管我？若是我讓妳兒子幹的話，妳便恨不得朕早死吧。」

皇帝這話說得太過了，四周的人被驚得大氣都不敢出一聲，恨不得自己立即消失在桂花塢裡。

「是臣妾的兒子，也是皇上的兒子，皇上指誰上位臣妾不管，臣妾關心的，只有皇上的身體。」

淑貴妃絲毫不變色，反而鎮定地說出了如上的話。

她傷心？她一點都不傷心，若是一個女人還愛一個男人，她必然會傷心的，可是她的愛已經在這長久的歲月裡被磨光了。

「妳這不是關心，妳這是逼迫，哪有妃嬪逼迫皇上的！」皇帝看見淑貴妃示弱，聲音又高了一層。

簡直是給臉不要臉，淑貴妃的嘴角微微抽搐著，她年少就是貴女出身，十分驕傲，皇帝當年對她低聲下氣才獲得了她的喜歡。在整個皇宮裡，若說最不怕皇帝的，除了淑貴妃便沒有第二個。

「我就是來逼你又如何？」淑貴妃冷冷地說，她將桂花茶放到了一邊，站起身，向皇帝走去，皇帝身邊的美人們雖然個個都比淑貴妃年輕貌美，可是淑貴妃所展示的氣勢又豈是她們可比的？看著淑貴妃如此，她們便腿軟自動讓出了一條道來。

還算是懂事的，淑貴妃淡淡地想，走向皇帝，皇帝因為長期縱慾，居然躺在軟榻上無法起來，皺著眉頭問：「妳想幹什麼？」

淑貴妃靜靜地打量了一番，對皇帝身後的大太監說：「還不將皇上扶出桂花塢？」

「朕什麼時候說要走出桂花塢了？」皇帝勃然大怒，可是他身後的那太監是個忠心的，他早就為皇帝在這桂花塢不知今夕何夕而著急了，如今淑貴妃願意出頭當這個惡人，他便從了她又何妨？

大太監對身邊的兩個小太監使了使眼色，壓低了聲音說：「還不扶皇上出去？」

兩個小太監遲疑地看了看他們的領頭太監，咬了咬牙，將皇帝攙扶出了桂花塢，皇帝渾身無力，被兩個小太監駕著走，心中十分憤怒，叫著：「放肆，放肆！」

可奇異的是，大家都默默地遵從了淑貴妃的命令。

此時，一個小太監偷偷地跑了出去，淑貴妃的眼角餘光看了，只是哼了一聲。

「什麼？淑貴妃硬闖桂花塢將父皇弄了出來？」

九皇子聽到線人的密報，驚叫出聲。淑貴妃怎麼敢？可是淑貴妃又怎麼不敢？她哥哥是北定王，女兒是羌族王妃，還有一個成年兒子，她想起兵為兒子謀求皇位都可以！

九皇子握了握拳，急急忙忙走出門外，卻被心腹幕僚攔住了。

「九皇子不用擔心，出來又怎麼樣？憑大小楊氏的手段，還怕皇上不再進去？男人最討厭的便是女子管他，皇上是九五之尊，淑貴妃這一鬧，只怕皇上更厭了她了。」

九皇子一向信任這個幕僚，聞言心下大定，便點了點頭商定明日再謀。

第八十六章

淑貴妃將皇帝扶進了自己的大殿，皇帝坐在椅子上似笑非笑地說：「朕還不知道居然娶了一個母老虎。」

淑貴妃不接皇帝的話茬兒，只以懇求的口氣說：「皇上，您必須上朝，狼族虎視眈眈，如今石磊、沈于鋒在前線殺敵；因為您不在朝中，大臣們心中慌得很啊。」

眾人都尖著耳朵聽皇帝與淑貴妃的話，見皇帝沒有發怒的跡象，便鬆了一口氣，還是淑貴妃有辦法，要不然，這日子真是過不下去了。

皇帝剛與淑貴妃折騰了一場，又疏於鍛鍊，哈欠是一個接著一個，淑貴妃見了笑說：「要不皇上我們安歇了？」

皇帝聽了，點頭。

「我今日便歇妳這兒吧。」

第二日，妃嬪們聽說了淑貴妃將皇帝從桂花塢拉出來，並將其留在寢宮的消息，統統扼腕自己為什麼當時就那麼膽小，大著膽子將皇帝拉出來不就行了？可是她們並不像淑貴妃，身後有那麼多依杖，便不敢妄自行事。

皇帝在淑貴妃那兒好好地睡了一覺，第二日終於上了朝，朝臣們看見皇帝一臉殷切期盼的模樣，充分滿足了皇帝被需求的心理，只不過看到九皇子有些憂傷的表情，皇帝又有些不悅了。

聽說他在桂花塢的時候，九皇子自作主張做了不少的事？比如狼族來襲，應該派有經驗的大將去抵擋，九皇子卻派了沈于鋒、石磊兩個毛頭小夥子？前線缺糧，軍糧被劫，這麼大的漏洞九皇子不往深裡查，卻判定不用繼續送軍糧過去以防狼族再次劫糧？這是什麼狗屁主意？

皇帝不會覺得自己有錯，反而覺得九皇子竟為了私心排除異己，果然是宮奴生的，那心胸狹窄得只有一條縫了！

當初他可是對九皇子說了，有什麼事與大家一起商量，而九皇子倒好，將葉閣老逼得稱病在家，將沈老將軍逼得上朝砍人，連北定王都忍不住拉著宗室來插了一腳。

皇帝心中有怒，但也知道九皇子如此行事與自己沈迷桂花塢脫不了關係，也不好大肆責怪九皇子，只能勉勵了一番，才與大臣們商討狼族之事。

九皇子見皇帝並沒有發火，心中安定下來，打算讓大小楊氏無論用什麼辦法，都要將皇帝的心再拉回來。

皇帝吸食五毒散這麼久，只怕是病入膏肓，離不了他了……

巧的是，皇帝剛與眾臣子聊到北城狼族之事，便聽到外面有軍情急奏。

「北城大勝，狼族敗走。」

滿朝正在因狼族一事而頭疼，卻不料傳來了如此喜報，讓大家內心都振奮起來。

「皇上您是真龍天子啊，一出來理朝便得來了北城大勝的消息。」那些慣會拍馬屁的文官已經走了出來恭賀皇帝。

皇帝雖然身子虛浮，但是聽到北城大勝的消息也不由得拍了拍王位，連說了三聲好，石磊果然是他的福將，若不是他的話，哪裡能贏？

「快讓石磊與沈于鋒班師回朝，我要給他們封賞！」

還要封賞？肅國公已經是列一等公了，再封賞豈不是要頂了天去？眾大臣面面相覷，可是在這個時候，也沒有人去敗皇帝的興致。

沈芳菲在家中也得知了北城大勝的消息，連忙與石母一起去山中最靈驗的寺廟裡還了願，還多吃了一碗飯。肅國公府那緊張的氣氛，終於變得和緩起來，大家都等著男主人回來呢。

皇帝這次從桂花塢裡出來，是徹徹底底感覺到自己老了，他看了奏摺便想睡覺，還一心老想著桂花塢裡那些讓他快樂的玩意兒，簡直像一個老頑童。

可是淑貴妃卻像母老虎一般守著他，他想去桂花塢也去不了。

淑貴妃在後宮大獲全勝，九皇子卻一副絲毫不著急的模樣，老老實實地將自己手上的權柄卸了，在宅子裡讀書寫字，讓大家都疑惑，難道野心勃勃的九皇子轉了性？

只有幫皇帝診治的御醫知道，現在皇帝是用藥在壓著五毒散的毒性，可是再過兩個月，這五毒散便要發作，到時怕是要六親不認了。

淑貴妃在宮中為人公正，廣結良緣，這御醫猶豫了半天，還是將此事告訴了淑貴妃。

淑貴妃聞言，皺著眉將指甲劃過桌子。

「難道就沒有別的辦法？」

御醫搖了搖頭，有些沈痛地說：「皇上吸食五毒散已久，早就上癮頗深，讓他戒掉是要費很大功夫的。」

淑貴妃嘆了一口氣，若是兩個月後皇帝又恢復了之前的情形，那她和十一皇子還有什麼活路？這兩個月，九皇子必然要倒下！

「有什麼藥能讓皇上恢復到如以前一般？」

淑貴妃幽幽地盯著御醫說道。

御醫猶豫了一會兒，知道決定他命運的時刻到了。「有，只是這種用藥一般都偏猛烈……」聲音越發地變小了。

淑貴妃聽了此話便明白了，一般當人將要去世的時候，大夫便會用一些虎狼之藥讓他們精神更加好起來，但是其實這虎狼之藥便是將去之人的催命符，若是對皇帝用了這些藥，只怕……

「現在朝中妖魔鬼怪眾多，皇上必須鎮守著。」

淑貴妃的喉頭有些發緊。

御醫心中怦怦地跳，向淑貴妃鞠躬道：「微臣一定以國事為重。」

他毅然決然地上了淑貴妃的船。

御醫給皇帝配了藥，皇帝過沒幾日便發現精神好了很多，一顆以為自己不中用的心終於是吞回了肚子裡，召了大小楊氏過來伺寢。

淑貴妃知道了，並沒有生氣，只是掀了掀眼皮。

「皇上高興就好。」

她已經狠狠整治了大小楊氏一頓，若此時她們再引誘皇帝做下什麼錯事，別怪她無情。

淑貴妃再次將沈芳菲召進宮，沈芳菲打量著淑貴妃，覺得她不如以往一般和煦，深沈的氣質重了很多，彷彿是壓了千斤頂一般。

沈芳菲搖了搖頭，對淑貴妃恭敬地說：「如今後宮中大大小小的事物都要經過您的手，您可要保重啊。」

淑貴妃笑說：「如今我還能頂一會兒，以後便是你們年輕人的天下了。」

沈芳菲笑著說：「今日娘娘便是要找我來說笑的？我肚子裡的這個沾了宮裡的貴氣，直在我肚子裡打滾呢。」

淑貴妃看著沈芳菲顯懷的肚子，面色和緩了一些，叫人看了座。

「當年明珊與妳情同手足，我卻不能照看明珊長大，如今便只能照看妳了。」

沈芳菲微微地將身子靠在椅子上。

「娘娘慈母情懷，想必三公主一定能夠感知。」

「兩個月後，皇上的五毒散癮頭便會發作了。」淑貴妃說道。

皇帝不是好了嗎？沈芳菲聽了此話，有些訝異地看了看淑貴妃。

淑貴妃一張臉隱在杯子後，沈芳菲看不清她的神色。

難怪九皇子現在如此平靜，他是掐準了皇帝兩個月後又會過上紙醉金迷的生活！沈芳菲的心咯噔了一下，她摸了摸肚子以安自己的心。

「那這兩個月我們得做很多事了。」

淑貴妃滿意地點了點頭，如今她在後宮，叫北定王一系進來難免會教皇帝起疑，而叫這個聰慧的肅國公夫人進來，皇帝是願意的。要知道，她的丈夫剛得了大勝，將她叫進宮中賞賜一番不算什麼的。

「您放心吧。」沈芳菲捂著嘴巴笑道，一雙眼睛閃著寒光。「宮外的事情有我呢。」

九皇子在府中胸有成竹，皇帝重新上朝了又怎麼樣？

他又開始寵幸大小楊氏了，再加上兩個月後……九皇子神色一黯，得想個法子讓大小楊氏更受寵愛為好，說起來，是不是應該去江南再尋一些美女了？

「夫君，雖然你事務繁忙，但是也要多補補身子呀。」九皇子妃端著補湯來到九皇子身邊，細聲細語道。

九皇子將補湯一飲而盡，笑著對九皇子妃說：「辛苦了。」

九皇子修身養性，九皇子妃自顧不暇，對內院的管理十分鬆懈，尤薇買通小廝跑了出來，在偶然之中，她遇見了沈家的人，言稱要見沈芳菲。

沈芳菲聽了，便派人將尤氏帶了進來，她看到了她，有些吃驚，當年尤氏雖然不是十分貌美，但是有一種天生的驕奢之氣，霸氣得很，如今卻洗脫了那一身驕奢之氣，變得平和，但是這平和裡，卻有一絲戾氣。

沈芳菲想到尤氏一族的遭遇，又想到前世自己身家的遭遇，覺得她就是自己另外一個姊姊，不管之前尤氏做錯了多少，她都對她多了一絲憐憫。

沈芳菲在打量尤氏的時候，尤氏也在打量沈芳菲，當年她在她心中不過是一個長得還算漂亮的小貴女而已。她父兄失蹤的時候，她還曾經偷偷笑過她命不好，誰知道嫁了一個不知道從哪兒出來的毛頭小子，最後這毛頭小子居然又是皇帝故人的兒子，真是時也命也。當年只是青澀漂亮的小姑娘，也變得從容雅致，成為了京中有名的貴婦人。

而她呢，卻從父母的掌上明珠成了區區草芥，如今她要報仇，也只能借沈芳菲的勢了。

尤氏自尤家覆滅以來，她彷彿就已經死了，嬉笑怒罵統統都埋葬到過去裡，如今能支撐她走下去的便只有復仇了吧。

「肅國公還在前線？」

沈芳菲見尤氏提到了石磊，又想起她的父親是因為幫九皇子延遲送糧而被斬了的，沈芳菲認為她應該對石磊肯定恨之入骨也不欲再提，卻不料尤氏與她閒言兩句便提到石磊。

既然尤氏主動提起了，沈芳菲沒有迴避的道理，她大大方方地笑道：「夫君與我哥哥還在前線呢。不過據傳回來的消息，北城已經大獲全勝了。」

尤氏聽到此話，吁了一口氣，她父親不想被沈家壓一頭，意氣用事，和九皇子狼狽為奸，出賣了大梁。父親被殺死，成王敗寇，她沒得選擇。可是千不該萬不該，九皇子將罪過全部推到尤家上下，還將尤家滅了口，她的小姪子才一歲啊，就這麼走了。

「我有話與肅國公夫人說。」尤氏抬頭，一臉毅然。

沈芳菲見狀，心中一撲通，難道尤氏手中有什麼九皇子私通狼族的證據？

能在大堂裡伺候的丫鬟都是伶俐忠心的，聽到這話便相互看了看，匆匆離開了大堂。

沈芳菲見大堂中只有她與尤氏兩人了，便笑著對尤氏說：「姊姊有什麼事便說了吧。」

「我手中有九皇子勾結狼族的證據，到可以扳倒九皇子的時候，我願意將這證據拿出來。」尤氏的一雙眼如淬了毒一般，如今，沒有比讓九皇子從高位上重重落下更讓她有興趣的了。

沈芳菲聽了，有些吃驚，一般罪不及出嫁女，九皇子留著尤氏也是向眾人證明尤家的覆滅跟他沒關係。起先，京城裡的貴女們還討論著要是她們是尤氏，便早早一條白綾自我了斷了。誰也沒料到，尤氏手中居然有讓九皇子去死的必要證據。

「他以為將我院子裡從尤家帶回來的東西搜走了，我便沒有地方藏東西了？」

尤氏笑得有些猙獰。

「他這輩子就看不起女人，以為每個女人都應該對他癡迷不悔，如今那些被他看低的女人手裡也有了毀滅他的利器。」

沈芳菲聽到尤氏這麼說，先是有些激動，後來卻有些頹然了，難道讓自己的父親帶著尤氏去見皇帝？尤氏的這些證據，九皇子會不會說是偽造的？九皇子是要死，可是唐突告他一狀，沈家未免有公報私仇之嫌，只能看時機才行動了。

沈芳菲打定主意，便對尤氏說：「妳且安心在沈府住著，尤家的仇，我幫妳報。」沈芳菲短短幾句話，讓尤氏安了心。她不知道沈芳菲哪裡只是為了幫她報仇？上一世的滅門之仇她也要一併報了，只是這時候，他們需要的，便是蟄伏……

安置好了尤氏，榮蘭上府來探望沈芳菲。

沈芳菲與榮蘭悄悄說了尤氏的事，又不由得說起哥哥與夫君來。

「都說大軍要回來了，怎麼還不回來？」

大概懷孕的緣故，沈芳菲格外思念起石磊，但是在石母等人面前，她又不好提起，只能與榮蘭提了。

榮蘭聽沈芳菲如此說，只輕輕摸了摸沈芳菲的額頭。

「軍令如山，哪有這麼快。」

沈芳菲知道石磊在軍中只怕也受了不少苦，只能扯開話題。

兩人正聊著，卻不料荷歡急急忙忙地走了進來，對沈芳菲笑著說道：「夫人，肅國公一會兒就要進府了呢。」

「這麼快？」沈芳菲面色驚訝地站了起來，又覺得自己在嫂嫂面前失態不好意思，連忙笑著坐下。「剛念叨著他就回來了。」

榮蘭聽說肅國公回來，知道他必是要與沈芳菲說說貼心話的，便連忙找了個由頭要走，沈芳菲也送走了榮蘭，卻站起來問荷歡。

「妳看看我有沒有變醜？」

荷歡不由得捂著嘴笑說：「在肅國公眼裡，夫人哪有醜的時候。」

沈芳菲摸了摸鬢角，又瞄了瞄銅鏡，正當主僕兩人心不在焉聊著的時候，石磊大步走了進來，他沒來得及梳洗，風塵僕僕的模樣。

他知道沈芳菲這等貴女是愛潔愛俊俏的，所以在府裡的時候都是十分注重外在，可是在戰場上哪有這麼多講究？

沈芳菲看到石磊，驚呼一聲，他穿著鎧甲，腮邊全是鬍子，面上也有些憔悴，還沒等沈芳菲出聲，石磊便細細打量了沈芳菲一番。之前為了他們的事苦苦周旋，雖然菲兒肚子有些大，但她是瘦了的。

夫妻兩人深深對望，荷歡心中高興，吩咐小丫頭準備了沐浴的水，肅國公如此模樣，一定是連夜趕路回來的。

沈芳菲走幾步上前，摸了摸石磊削瘦的臉，哽咽道：「夫君你辛苦了。」

石磊握住沈芳菲的手，在臉上磨蹭一二，低著頭看著妻子說：「對不住，讓妳久等了。」

沈芳菲拉著石磊的手來到床前，讓他摸了摸肚子。

「你看看，孩子都會動了呢。」

石磊聽說孩子在沈芳菲肚中十分康健，心中高興，可是卻不願意讓妻子再受此等生子之苦，便悶著聲音說：「以後我想法子，我們不要孩子了。」

沈芳菲聽到石磊如此說，知道他心疼自己，她將頭靠在石磊肩上，笑著說：「不行，我還想生個小閨女呢。」

生個小閨女？石磊慢慢柔和了神色，若這個小閨女像沈芳菲一般伶俐可愛，那他是願意的。

朝中表面平靜，內在卻波瀾四起。

不久傳來了三公主回朝覲見的消息，她回來的原因很簡單，皇帝要五十大壽了，作為女兒，她一定要來參加父親壽辰。

皇帝很開心，覺得這個女兒無論多顯赫，無論在哪兒，都能記住他的生辰。

沈芳菲聽說三公主要回大梁了，心中也十分激動，儘管兩人時常互相送一些東西，可是畢竟很久都沒有見面了，不知道那個驕傲的小公主現在成了什麼樣的絕色天驕？

淑貴妃聽到三公主回來的消息也默默鬆了一口氣，雖然她從來都不希望女兒嫁去羌族，可是到這個時候她不得不承認，三公主嫁去羌族其實是十一皇子繼位的最大籌碼。

皇帝吩咐宮人打掃三公主曾經住過的寢宮，有淑貴妃在宮中當家，她怎麼願意女兒住過的寢宮被別人占了？這裡空了不少年，但仍地面潔淨、綠草如茵，與三公主離去時並沒有區別。皇帝又親自去庫房裡搬了不少好東西到三公主的寢宮，讓一群妃嬪們眼紅極了。

在愉悅氣氛下，三公主回朝了，她當年是坐著大梁朝的馬車嫁出去的，如今卻要坐著羌族的馬車回來。一同隨行的，還有她的小兒子，聰明調皮得很。

雖然要午時才到，但是淑貴妃卻帶著十一皇子妃早早在宮門口等著了。這個女兒是心中的痛，所以淑貴妃很少與十一皇子妃說起三公主，但是今日三公主要回來了，淑貴妃倒是與十一皇子妃提了不少三公主的趣事。

「她從小就倔強，說起來，妳夫君小時候經常被她欺負呢。」

淑貴妃一邊回憶一邊抿著嘴笑，心中又閃過一絲淡淡的哀愁，那麼驕傲的性子，也不知道在異鄉有沒有受苦呢。

十一皇子妃在旁邊認真聽著，將這些事都暗暗記在了心理。她與十一皇子並非青梅竹馬，這些事她是第一次聽說，當聽到現在穩重善忍的十一皇子從前是個受氣包的時候，不由得露出了甜蜜的笑容。

十一皇子妃陪著淑貴妃閒聊著，直到喉嚨都渴了，才終於將皇帝、淑貴妃、十一皇子心尖上的人物盼了來。

大梁皇家的馬車以穩重低調為主，而迎面行來的羌族這輛馬車卻不同，它車身用金絲線的紅布圍了一圈，馬車頂還有翹起的尖角，上面掛著銀色小鈴鐺，風一吹叮鈴叮鈴的，格外好聽。

第八十七章

淑貴妃都不用猜，這馬車一定是自己寶貝女兒的傑作。她顯得有些近親情怯，明明是盼了好久的女兒，卻不敢走上前去，問她一句好不好。

正當淑貴妃愣著的當下，馬車上下來了一個約三歲的小童，他有七、八分像三公主，穿著羌族衣裳，留著沖天小辮子，看到淑貴妃，雙眼一轉，便對淑貴妃撲了過來叫皇祖母。

淑貴妃接過這小童軟綿綿暖和和的小身體，雙眼一熱，軟聲說：「皇祖母想死你了。」

十一皇子妃看著這機靈的小童，他一定是三公主的小兒撒讓了，她連忙往那馬車看了看，馬車的簾子掀了起來，露出一雙白玉般的素手，然後一個穿著羌族服裝的俏麗女子下了車，未聞她說話，便看見她笑容滿面，讓十一皇子妃覺得格外親切。

淑貴妃看著許久不見的女兒覺得有些陌生，她穿著藏藍色羌族服裝，行動自如，髮髻俐落梳起，用金冠紮了起來，顯得格外爽利。可儘管如此，三公主的裝扮還是比她之前在皇宮裡的，要樸素多了。

淑貴妃一時之間不知道說什麼好，難道說妳受苦了？這可是大不敬的話，難道說妳過得很好？

她不覺得大梁朝嬌生慣養的花兒到了羌族能馬上入境隨俗。三公主的信上雖然每次都說好，但是實際上，定有許多她看不到的辛酸。
「母妃這是不認得我了？」三公主知道母妃只怕現在是百感交集，便笑呵呵地打趣道。
「哪有的事。」淑貴妃擦了擦眼角的淚，一臉欣喜。
「母妃記掛著我，我知道，我也記掛著母妃呢。」三公主大步走到淑貴妃身邊，攙住了淑貴妃。
淑貴妃自然靠到了三公主身上，彷彿這個女兒從來沒有離開過她。
淑貴妃說了幾句後，拍了拍頭。
「看我這記性，這是小十一的媳婦。」
她對十一皇子妃伸了伸手，這位媳婦雖然嫁過來還沒有孕事，可是性子是最溫和的，對淑貴妃也十分孝順。
「小十一早就在信上寫了，他媳婦是個善解人意的女子。」三公主打量了十一皇子妃，滿意地點點頭笑著說。
十一皇子妃與十一皇子相敬如賓，她陡然從別人口中得知十一皇子對自己的評價，不由得害羞地低了低頭。
三公主看到十一皇子妃這舉動，心下更加滿意，只怕這女子對弟弟是情根深種了，女子越是愛一個男人，越是不肯讓他受傷的。

淑貴妃見到三公主，心中十分滿意，拉著三公主的手。

「我今日也不拉著妳瞎扯了，明日一大早妳還要帶著讓兒上朝呢。」

三公主見淑貴妃依依不捨的，連忙寬慰道：「母妃放心，這次我回來要住上一陣子，只怕到時候您還要嫌棄我呢。」

淑貴妃聽到女兒這麼說，輕輕推了一下女兒。

「年紀這麼大了，還如此調皮。」

「撤讓。」三公主叫了一直在十一皇子妃面前撒嬌的小兒子。

「改日再與你舅母聊。」

撤讓有些不情願，但還是揣著十一皇子妃給的小金子回到母親身邊。

第二日，三公主上朝了，三公主在少女時期，因為驕橫，也曾闖過幾次朝廷，她左右打量了一番，發現這朝廷與她記憶中並無太大變化，只是那龍椅上的人，鬢角多了不少白髮。

皇帝最近的變化她瞭若指掌，沈迷於美色，吸食五毒散，這個曾經在她眼中是大英雄的男人，也老了。

「女兒不孝，不能在父皇面前盡孝，還請父皇原諒。」

皇帝握著龍頭的手抖了抖。

「好，好，好，回來就好。」

這個女兒如他記憶中一般，惦記著他，崇拜著他。

三公主又環視了四周，笑著說：「各位大人也多年不變呀。」

惹得朝堂一陣輕鬆，自從三公主嫁給羌族以後，大梁朝確實少了許多羌族的威脅。三公主這一嫁，對大梁朝來說，值得。

十一皇子有些欣慰地看著姊姊，是那麼容光煥發，神采飛揚，看到她如此，他就安心了。

「十一弟，好久不見。」

三公主對十一皇子眨了眨眼睛。

「九哥，好久不見。」

三公主意味深長地笑了笑。

當年你在背後做的那些事以為我不知道嗎？如今我回來，不僅是為了母妃與弟弟，還為了給你送一份大禮，等著吧。

三公主下朝之後，第一個拜訪的便是肅國公府。

她在遠嫁的日子裡，時常想起的便是自己少女時期的快活與肆意，而這快活與肆意裡，大多都有沈芳菲的影子，若問除了親人之外，三公主最惦記的是誰，便是這位肅國公夫人了。

沈芳菲老早就在肅國公府等著了，她想著自己與三公主在閨中時，都是愛漂亮的少女，如今再見三公主可不能太寡淡了，明明大著肚子，但還是一大早起來讓丫鬟們將她打扮一番。

荷歡是沈芳菲身邊的老人了，一邊幫沈芳菲拿壓箱底的首飾，一邊笑著說：「夫人這打扮架勢，比見肅國公還要認真呢。」

沈芳菲笑著搖了搖頭，上輩子她與三公主沒有任何交集，這輩子因緣巧合與三公主成了手帕交，三公主對她的幾次維護，她是記在心上的，她也是真心待三公主的。

「妳這嘴碎的。」沈芳菲揮了揮手。「趕緊去門口迎一迎三公主。」

「是。」

荷歡脆生生地應了，到了門口，看見一輛充滿異族特色的華貴馬車駛了過來，捂著嘴巴笑了笑，這三公主喜歡華麗排場的愛好還真沒改變。

馬車行了過來，那紅色鑲金線的簾子被三公主掀開來。

「三公主，您來了？我們夫人等您很久了呢。」

三公主輕巧地跳下馬車，後面跟著下馬車的便是那個調皮搗蛋的小兒子。

三公主回到大梁朝，對伺候過她的老人心中都十分懷念，她對後面跟著的丫鬟揮了揮手，笑著對荷歡說：「好久不見。」小丫鬟見了主子的手勢，連忙拿上來一個荷包遞給荷歡。

荷歡見三公主居然還記得她，心中已十分欣喜，卻不料小丫鬟還拿了一個荷包給她，這荷包精巧得很，頓時有些猶豫不敢接。

「當年不是還笑著與我討賞？如今倒還猶豫不決了？」

三公主將荷包從小丫鬟的手上拿過來，塞到了荷歡的手裡。

「只不過是羌族一些小有特色的金錁子，妳便收著吧。」

荷歡身後的下人們聽見是金錁子，都倒吸了一口氣，這三公主出手真大方。

荷歡見三公主如此，便也不再推脫，笑著對三公主說：「我們夫人已經等您很久了呢。」

沈芳菲雖然被太醫叮囑不能出門，可是三公主來了，她又怎能不親自迎接？她聽下人說三公主到了，立刻從軟榻上起來，穿了鞋，邁出門去。

三公主一行人剛進肅國公府幾步，便見沈芳菲大著肚子迎了出來。

三公主抬頭看著沈芳菲，她今日穿著青色的袍子，上面繡著淡黃色的小花，因為懷孕，她的臉變得圓潤不少，卻絲毫不減麗色，以前少女時期的沈芳菲是有些莫名的陰鬱不安，可是如今，卻化為一片春風細雨了，看來她的日子，過得不錯。

三公主打量沈芳菲，沈芳菲也在打量三公主，以前的三公主最愛的便是華麗裙衫，可是她嫁去了羌族，穿的衣裳都帶著羌族風味，輕便了不少，卻不減細節處的華麗。

「妳這一回來，只怕京城裡的流行風向又要變了。」

沈芳菲攬住三公主的手，嘖嘖讚嘆道，對三公主沒有任何生疏之情，熟悉得彷彿這些年，一直都在一起一般。

三公主聽了沈芳菲的話，笑著說：「羌族的衣裳簡便得很，但是不夠華貴，我是想了半天才將大梁朝和羌族的衣裳融在一起的呢，今兒我幫妳帶了兩套。」說罷，三公主又指著沈芳菲的肚子。「等妳將這個小傢伙生出來了，再豔冠群芳。」

沈芳菲聽了三公主的話，笑得眉眼彎彎。

「都一把年紀了，還豔冠群芳，丟人不丟人。」

三公主又往沈芳菲身邊靠了靠。

「之前我聽說妳父兄失蹤一事十分著急，不過總算是柳暗花明又一村了。」

沈芳菲點了點頭。

「我總算是熬過來了。」

沈芳菲將三公主迎進了屋，挑著點生活瑣事與三公主說了，三公主也扯著她說了不少風土人情，惹得沈芳菲睜大了美目，驚呼：「原來羌族人的生活與我們如此不一樣。」

三公主見沈芳菲如此，笑著說：「那是當然，不過我如今是想將大梁朝先進的農業帶到羌族，羌族的百姓有飯吃，也不至於整天盯著大梁朝了。」

沈芳菲聽了，贊同地點了點頭。

「妳這麼想，自然是一樁好事。」

上一世三公主沒有嫁入羌族，羌族又被狼族籠絡了去，兩股力量添加起來給大梁朝添了不少麻煩，如今三公主這一嫁，羌族與大梁的關係倒拉近了不少。

「說起來，我還沒見過妳夫君呢。」三公主話鋒一轉，又到了石磊身上，聽說這位對沈芳菲十分好。

沈芳菲聽見三公主說起石磊，說道：「公主前來，他本應該見客的，可是他去了校場，所以——」

她聽沈芳菲如此說了，不在意地轉移換題。

「如今你們被什麼困擾，難道我還不明白？我那表面和善的好九哥，手實在是伸得太長了。」

沈芳菲聽見三公主說九皇子，連忙往四周看了看，又想起為了讓她們好說話，這些丫鬟都退了出去，才鬆了一口氣說：「我的好公主，您怎麼還是這樣直來直往。」

三公主笑著說：「我只對妳如此呢。」

沈芳菲見三公主說了九皇子，便皺著眉接著說：「我手中倒是有一些他的把柄，可這些到底能不能讓九皇子倒下，還得看皇上的心思。」

三公主看沈芳菲一臉凝重，笑著點了點她的鼻子。

「小時候就這麼杞人憂天的，現在更是。」

沈芳菲聽了這話，倒不反駁，只嘆氣說：「如今我都睡不著呢，只盼著此事能趕緊定下來。」

三公主手中拿著茶杯一轉，笑著說：「妳莫怕，我回來便是給這位好九哥一份大禮的。他以為他勾結了狼族能蒙蔽得了全天下的人？我羌族可是與狼族一直邦交不錯呢。」

沈芳菲聽了三公主的話，並不欣喜，而是有些遲疑地問道：「妳如此做，羌族會不會對妳不滿？」

若是三公主摺倒了九皇子，讓弟弟登上了皇位，但是讓自己在羌族的地位一落千丈，這也不是沈芳菲樂見的。

三公主聽見沈芳菲如此說，柔和地笑了笑，這才是當年那個一直為自己著想的小妹妹。「妳不要擔心，我這麼做，也有羌族的意思在裡面。」

與其扶植與三公主有舊怨的九皇子上位，不如讓三公主的親弟弟上位。若和狼族合作的九皇子上位了，那麼羌族可就危險了。

沈芳菲聽三公主如此說了，便安下心來，點了點頭。

「只要妳起了頭，我們必會跟在後面的。」

三公主聽了，笑了笑說：「妳且看吧。」

沈芳菲聽了，悄悄在三公主耳邊說：「前些陣子，朝中辦了件大案，說是尤將軍一家與狼族勾結，尤將軍一家自殺謝罪了。」

當沈芳菲說起尤將軍的時候，三公主只依稀記得尤將軍是一個只有匹夫之勇的傢伙，而再多的，卻也記不起了。

沈芳菲見狀，便知道她不記得這些，細細與她解釋道：「尤將軍的女兒可是九皇子的妾室。」

三公主聽到此，便明白了事情的來龍去脈。

「只怕是我那好九哥抓著尤家頂罪吧。」

「尤家的女兒從九皇子府逃了出來，正在我府裡。」沈芳菲直接說道。

三公主聽見這話，一隻手敲了敲桌子。

「她可有證據？」

「自然有。」沈芳菲說道。「只是若只有一家的證據，怕九皇子反過來說我們冤枉他。」

「她的要求是什麼？」

尤氏肯將證據拿出來，便必然要與九皇子直接在朝堂相對，她有可能贏，但若是輸了，便只有死路一條了。

「她要求我們給尤家伸冤。」

沈芳菲說出這話的時候有些心酸，她佩服尤氏，能在這個時候堅強地活下來，還想為家族伸冤。

「既然尤家人都死光了，給他們伸個冤也沒什麼。」沈芳菲淡淡地說道，人都死了，再多的殊榮有什麼用呢？更何況只是伸冤而已。

三公主點了點頭。

「那我今日便回宮與我母妃、十一弟說了。妳也與沈家人說說，大家合計合計將這件事捅上去。」

沈芳菲說了聲好，表情平淡，但是心中卻十分激動，九皇子，如今，終於要倒了嗎？

不知道三公主回去是怎麼跟淑貴妃與十一皇子說的，沈芳菲回了沈家，只對沈家說了四個字——「見機行事。」沈家便知道，這天是要變了。

皇帝本就寵愛三公主，自三公主嫁去羌族後，這寵愛便更上一層了。三公主一回來，這帝寵的程度讓所有皇子們都要靠邊站。而大小楊氏，早就被三公主擠得沒有地方容身。

今日風和日麗，皇帝本來還想與三公主唏噓當年，女兒那崇拜的神色讓皇帝真是幸福得很，大小楊氏的奉承算什麼？只有與他血脈相連的，才是真心的。

皇帝還沒開講，卻不料看見三公主跪在地上。

他連忙起身問：「妳這是怎麼了？」

「女兒這次回來，見父親對女兒一如往昔，女兒心中有一事，壓了多時，只是不知道當說不當說。」

三公主跪在地上，皇帝拉了幾次，她就是不起來。

皇帝看女兒這模樣，心中閃過了無數的可能，莫非是她覺得羌族太苦，不願意回去了？這可是不行的，他還希望她的兒子、大梁朝王族的血脈能繼承羌族王的位置，也算是他大梁朝的王室統治羌族了。

皇帝越想越覺得這個猜測有道理，面色不由得凝重起來，三公主要留在羌族，必須留下，這可是千古大業，他想著臉色有些陰暗起來，扶三公主的手都變得有些慢。

三公主見皇帝的神色便知道他在想什麼，她這個父親不吃五毒散的話還挺清明的，三公主嘲諷地想。

「父皇，在您病時，九哥勾結了狼族。」三公主一字一句說給了皇帝聽。

「妳說什麼？」皇帝沒想到不是三公主不想回去，卻是告了九皇子一狀，而這內容，可以讓九皇子萬劫不復。

「九皇子勾結狼族，將大梁精銳調到前線，並聯合狼族將軍糧搶了，還延遲軍糧的運送時間，打的便是大梁朝軍隊沒軍糧，前線崩潰的主意。」

三公主的眉梢閃過了一絲諷刺，她這個父親一世英明，最後居然要栽在九皇子的雕蟲小技上，實在是讓人無法接受。

「妳從何得知？」九皇子一向對皇帝恭順，皇帝的兒子死得夠多了，他不想再死幾個兒子。

「父皇，難道您以為羌族與狼族沒有奸細？」

三公主忍不住反問了皇帝一句，寵愛新來的美姬，冷落她母妃與後宮，還食五毒散，不願意上朝，這是一個帝王應該做的事？

皇帝一時之間啞口無言，羌族與狼族相近，互相派的間諜不少，大梁朝有時候還要向羌族買狼族的消息。

「父親，尤將軍在朝中這麼多年，您難道還不了解他？他雖然魯莽不智，可是他有多少兄弟死在與狼族對戰的沙場上，他怎麼可能串通狼族？他尤家上下那麼多口只不過是九哥的替罪羊而已。」三公主繼續說道。「如今這尤家的人，只怕都在地底下等著伸冤呢。」

第八十八章

「住口！」皇帝聽了這話，又氣又亂，其實心中對三公主的話已經信了八、九分。

三公主見皇帝已經惱羞成怒，就不再多說，只說了一句——「尤家還有一女在九哥的後院裡為妾，父皇倒可以宣她進來見見。」說完，便退下了。

皇帝狠狠地握著拳頭，日子長了，他自己也感覺到身體的力量在慢慢流失，他甚至知道自己活不長了。他不敢將皇位交給任何一個人，只冷冷地看著哪個兒子對他好，卻不料這個在他面前顯得最恭敬最孝順的兒子，居然是最狠毒的那一個。

皇帝面色陰沈地想著，大小楊氏是他推舉的，五毒散也是他尋了人來給他的，自己在吸食五毒散後，糊裡糊塗地讓九皇子監國，一切的一切形成了連環的鎖，被九皇子狠狠地扣了起來。

呵，自己還真是有個好兒子，皇帝冷笑了一下，淡淡想著。

他坐在高位上，往外面看，自己的女兒已經退了出去，底下的人弓著腰，悄無聲息地各司其職，如今還有誰能真心為他想一想，不盼著他挪個位置？皇帝搖了搖頭，面上顯出了頹勢。

「來人，宣淑貴妃過來。」

淑貴妃聽了旨意，有些驚訝，她知道三公主已經將九皇子的事捅到了皇帝面前，她設想過皇帝的各種反應，卻不料，皇帝居然叫了她去。

她隨意打扮了一番，便往皇帝的宮殿裡趕。

在這個寂寞如水的後宮裡，日子久了，她已經忘了如何取悅一個男人，她只記得，只有自己足夠強大，才能在這個宮殿裡有一席之地。

淑貴妃到了皇帝所在的大殿，大殿內有些陰暗。

她緩緩走到大殿前，皇帝坐在那個高高的位置上，顯得格外孤寂。

皇帝是真的老了，淑貴妃再一次感覺到，若是前幾年，他知道兒子犯下如此彌天大錯，早已經將這個兒子圈了，直接弄死。而如今，皇帝居然猶豫了，要知道，九皇子還不算是他最疼愛的兒子。

「皇上，您找臣妾？」

淑貴妃向皇帝行了一個禮。

「明珊說九皇子還有一個妾室是尤家的女兒，願意作證九皇子勾結狼族？」皇帝皺著眉問道。

淑貴妃聽了皇帝的問話，默默地點了點頭。

皇帝冷冷盯著淑貴妃，他不由得揣測了一個驚天大陰謀——

如今只有十一皇子與九皇子是皇位最大的競爭者，莫非是淑貴妃與十一皇子想暗害九皇子？

淑貴妃與皇帝共枕多年，當然知道他疑心的毛病，見皇帝的神色凝重，便知道皇帝的疑心病犯了。

她咧開嘴笑了笑。

皇帝見淑貴妃如此笑，心中不悅，直問說：「妳笑什麼？」

淑貴妃站在大堂上，絲毫沒有畏懼皇帝的心思。

「臣妾笑皇上視而不見，九皇子蒐羅美女迷惑皇上，皇上不見；九皇子讓皇上吸食五毒散身體日下，皇上視而不見；九皇子拖延軍糧耽誤軍情，皇上視而不見；尤家明明是站在九皇子那邊的，他們勾結狼族九皇子豈會不知？皇上視而不見。」

淑貴妃連續幾個視而不見讓皇帝的面色有些蒼白，若不是皇上的視而不見，隨便一個罪名都能讓九皇子萬劫不復了。

皇帝心中知道淑貴妃說的全是對的，但是他不想承認自己是錯的，他瞪了淑貴妃半天之後，才緩緩地說：「既然如此，那明日我便召了九皇子進宮，與他對質一番吧。明日，妳將那尤氏帶進來。」

此事是三公主捅開的，能保護尤氏的，必是淑貴妃一派了。

淑貴妃聽到此，才真心地笑了笑，皇帝嘴硬，願意將這件事深查到底的話，說明他內心深處已經認為自己錯了。

第二日，九皇子被皇帝「請」進了皇宮，說是「請」也不盡然，其實是笑面虎大太監說要請九皇子，但是還沒等九皇子換衣，便硬生生將他「請」進了宮。

九皇子一邊走，一邊笑著與大太監探聽到底是怎麼一回事，大太監也算是見過風雨多少年了，如今淑貴妃一派終於出手，這九皇子只怕日薄西山了。

九皇子犯下的事太多，卻不知道皇帝到底是為了哪樁而大怒，他心中有些忐忑，卻認為皇帝已經老了，這次也能矇混過去，便整了整衣服與大太監去了。

進了御書房，九皇子見皇帝的臉色十分不豫，有一種山雨欲來風滿樓的氣氛，心中不由得咯噔一下，這到底是怎麼了？

九皇子一向討好皇帝，知道他的性子，若見他的時候重重地哼了一聲，反而代表沒有什麼事，可是當皇帝面色嚴峻地坐在上首不知道在想什麼的時候，九皇子的心卻有些怦怦跳了。

若不是大小楊氏如今對九皇子的聯繫裝聾作啞，他也不至於如此毫無防備，九皇子咬碎了一口牙，砰地往地上跪。

「父皇可是身子不舒服？」

呵，要真是身子不舒服就好了。

皇帝的雙眼黯了黯，又想起被他寵過、卻棄在一邊生不如死的三皇子、四皇子，面色有些沈重，當年他意氣風發，覺得死一、兩個兒子沒什麼，可是當他到了知天命之年，卻發現如今能繼承皇位的兒子，他一個都不喜歡。

九皇子出身太卑賤，什麼都順著他來，背後不知道做了多少傷天害理的事；而十一皇子，則是出身太好了，像極了那個一直壓著他，什麼都占盡先機的大哥，可是如今他也別無選擇了。

皇帝慨慨地將摺子扔在了地上。

「你且自己看吧。」

如果九皇子再爭氣一些，沒被淑貴妃一派抓到這麼多把柄，他還能磨淑貴妃一派一磨，若他能熬的日子長了，位置落在最小的兒子頭上也未嘗不可。皇帝覺得人生還有許多可以謀略的，卻不知道，自己的日子不長了。

九皇子見皇帝連申辯的機會都不給他，只是將摺子扔到地上，便知道事情壞了，他皺著眉想拿起地上的摺子，卻發現手有些抖。

九皇子從小便夢見過自己登基，於是不知從哪兒來的信心，一向是勝券在握，覺得自己是真龍天子，可是這時卻有些沒自信了。

他默默地打開摺子，摺子上面的字不錯，行雲流水，可見是從小練過了的，但是字裡行間的內容對九皇子來說，字字誅心，什麼勾結狼族、謀害大梁朝忠良等等，這一項項的罪名足夠讓九皇子罪當萬死。

「你還有什麼要說的？」

關於九皇子，皇帝已經思考了不少日子，莫說他不想給這個兒子機會，淑貴妃一派難道會放過他？

九皇子一目十行，驚得一雙手不停顫抖。「父皇，我冤枉啊。」

「你冤枉？」皇帝翻了翻案桌上的摺子。「我看你也不算冤枉，你妹妹三公主難道還會冤枉你？」

九皇子聽說是三公主搗的鬼，不由得咬了咬牙。

當年就應該將這丫頭嫁到狼族去，若不是她命硬，勾搭上了羌族的少將軍，也不知道現在如何。「如今成年的皇子就我和十一弟，明珊幫助弟弟是理所應當的！」九皇子痛聲說道。

皇帝早就料到了九皇子會如此說，搖了搖頭。

「你再仔細看看，明珊能針對你，但是你後院裡的尤氏總不會刻意針對你了吧？」

尤氏這個賤人？

當初就應該斬草除根，原本以為她是一個愚蠢的女人，卻不料她能忍到現在，對他反戈一擊！九皇子伏在地上，神色詭譎。

原來她現在在沈家待著，只怕這摺子裡，也有沈家不少的手筆吧。

九皇子低著頭，面色冷厲，腦子裡一片混亂，如何才能將自己保全出來？他一個字也說不出口，背上全是汗。一桶子狗血倒下來，如果他再說什麼，真是多說多錯。

皇帝揮了揮手，叫人將九皇子拖了下去。

侍衛們雖然將九皇子拖下去，卻有些頭疼，皇帝還沒說怎麼處置呢，好歹九皇子還是皇子，若是得罪了，可是大不好的。

侍衛們面面相覷，九皇子現在是一個燙手山芋，誰拿著都不知道怎麼辦。

「公公，您看？」帶頭的侍衛對著皇帝身邊的貼身公公笑道。

皇帝身邊的大太監之前已得罪過九皇子，知道若是九皇子翻身的話，他只怕也沒啥活路了，便說：「你們等著。」

大太監走回殿前，見皇帝面色十分不豫，小心翼翼地問道：「皇上，您看這九皇子當怎麼辦？」

「先……」皇帝頓了一下，說道：「先圈在府裡吧。」

大太監聽了皇帝的話，心中有些失望，只是圈在府裡，這懲罰未免也太不痛不癢了。

當九皇子聽到處罰時，吁了一口氣，只要父皇不將他的罪行公諸於世的話，那說明自己還是有機會翻身的。

眾大臣後知後覺聽說九皇子被圈了，消息靈通的打探到九皇子被圈禁的原因，是因為三公主的一個摺子，便知道淑貴妃一派是要下狠力了。

可是九皇子只是被圈禁了而已，這懲罰，有些不痛不癢。

九皇子被圈禁在府，皇帝似乎是鐵了心，不再見這個讓自己失望的兒子。

九皇子在府中熬得瘦了一圈，而那些後院的妾室們更是著急，想著法子讓丫頭小廝給九皇子送湯湯水水探聽消息。這事可不僅與她們相關，連她們的娘家，都吊著一口氣呢。

九皇子不是沒有想過找其他大臣為他建言，可是大臣們見到九皇子妃的娘家與尤氏的娘家當年是如何為九皇子盡心的，可是到最後呢？九皇子還沒上位，兩家就全無好下場，這時誰還為九皇子說話，簡直是找死了。

淑貴妃見皇帝一直將九皇子圈禁在府裡，卻不說怎麼處置，只是嘲諷地笑了笑，到這時候了，還想為十一皇子樹立一個潛在的對手，震懾他們家，這皇帝真是越老越糊塗了。

三公主拿出來的證據並沒有絆倒她的好九哥，可是她知道，就算皇帝再怎麼待見九皇子，也不會將皇位傳給一個有賣國嫌疑的皇子了。

她如此狠狠地告了九皇子一狀，只怕皇帝對她心中也已十分不待見，便帶著自己的小兒子返回了羌族。

三公主走了，沈芳菲有些懨懨的，她的生產期快到了，生產的婆子都已經備好，只等著她了。

可是她吵著要去莊子上看桃花，卻被石磊攔了下來。

「肚子裡有一個，還想去莊子？若是想看桃花，我幫妳摘些來。」

沈芳菲聽了夫君的話，笑著說：「那我要莊子上最豔的那朵。」

石磊看著妻子如少女一般的笑容，不由得摸了摸她的臉，笑著直說：「好好好。」

石磊聽從妻子的話去莊子上摘桃花，而沈芳菲百無聊賴地坐在院子裡看著這滿園春光，她喝了一口養胎藥，肚子卻一陣抽痛。

「荷歡，我好像要生了。」沈芳菲一臉沈著地說，倒是荷歡驚得差點打碎了手裡的盤子。

荷歡三步併作兩步走了出去，對門外的婆子急急地說：「夫人要生了，還不快點準備！」

院子裡的眾人雖然有些急，但是做起事來還是有條不紊。

石磊在外聽了消息，連忙趕了回來，在院子裡急得直打轉，他幾次欲進產房，卻被沈夫人攔了下來。

產房污穢，男子是不能進的。

產房裡傳來沈芳菲的呻吟聲，一陣從未承受過的痛席捲了沈芳菲。

婆子給她含了一點人參，為她打氣道：「夫人挺住啊，小少爺就快出來了。」這府中上下在石母的預測下，都覺得沈芳菲會生個男的。

沈芳菲抿了抿蒼白的嘴唇，又開始用起力來。

這疼讓她分不清前世今生，產婆見沈芳菲的雙眼變得模糊起來，急得趕緊叫道：「夫人，夫人！」

石磊在外面急得如熱鍋上的螞蟻，無法淡定，只得揚聲對產房裡面叫道：「夫人，我在這兒等著妳呢！」

沈芳菲聽見了石磊的聲音，神志這才慢慢清明起來，前世已經飄散，剩下的，便是今生。

在今生，她要為這個愛她的男人而努力，沈芳菲在努力之下，生出了一個兒子，五官像極了石磊。

「生了，生了！」

產婆出來報喜了，得了沈夫人準備好的一袋銀子。

石磊不顧眾人的阻攔走進產房，看也不看孩子一眼，只是輕輕地摸著沈芳菲的臉。「辛苦了。」

沈芳菲見石磊如此，心中十分感動，笑著眨了眨眼。

沈芳菲躺在床上休養身體，她看著熟睡的兒子，覺得十分幸福，不過這兒子真夠苦命的，因為讓他娘受盡了苦頭，一生下來就被父親不喜了。

有了孫子後，石母每天歡喜地抱著小孫子哄個不停，而石磊卻是淡淡的模樣。

無論是誰，都不能讓沈芳菲吃苦，包括他的兒子。

小嬰兒不知道父親對自己的心思，只知道整天纏著母親吃吃睡睡，離開了沈芳菲的懷抱，便哇哇哭個不停，讓石磊想和沈芳菲親熱都不行。

等他長大了就將他送到軍營裡去，整天纏著母親算什麼？他當年也是經過了生死關頭才得到現在的幸福生活，這男兒啊，都是要歷練一番的。石磊不動聲色地將兒子的未來決定了，在兒子滿月那天，給兒子取了一個名字叫黎辰逸，小名麼，就叫石頭。

皇帝在宮中也聽說了沈芳菲產下一子的消息。「子亭也總算有後了。」他喟嘆著，下了對石磊的封賞聖旨。

「封石磊為肅親王，世襲罔替。」

石磊在府中抱著剛得的兒子，又得了皇帝的聖旨，眾人皆驚，肅親王，可是一步登天啊。

沈芳菲收拾乾淨了，躺在床上聽到外面的消息，扯了扯唇說道：「這等殊榮，可是我夫君用命換來的，我寧願不要。」

可是即便如此，她的位分也跟著升了一級，從此以後，沈家大房可是出了兩位王妃，惹得眾人豔羨不已。

第八十九章

皇帝圈了九皇子後，明眼人都知道，九皇子應該是犯了大過，徹底離開了朝堂。

至於是什麼大過，就無從知曉了。

知道一些風聲的人，對這事也是閉口不提，大梁朝的皇子居然私通狼族迫害忠良，這豈不是笑掉大牙的事？

這事若傳開了，大梁朝打下江山的祖宗都能從墳墓裡蹦出來。

「我大勢已去。」

九皇子見皇帝對他不聞不問，頹然地坐在椅子上，可是讓他就此放棄又心有不甘得很，好不容易都走到這一步了，難道他就如此看著自己離那個位置一步之遙？

「九皇子，您手中不是還有底牌嗎？您雖然倒了，但是大小楊氏可還是很受皇上寵愛的，若是她們能為您建言兩句的話，說不定還有希望。」

九皇子的貼身太監輕輕在他耳邊說道。

九皇子聽了這話，眸色漸漸深了起來，面容閃現了瘋狂的神色。

該是他出最後底牌的時候了。

九皇子雖然倒了，但是大小楊氏還是過得十分滋潤，她們雖然有煽動皇上吸食五毒散的罪過在先，可是淑貴妃卻對她們睜一隻眼閉一隻眼，任憑皇帝將她們寵上了天。

她們好好侍奉著皇帝，卻不敢再對皇帝做些什麼手腳。至於九皇子，她們當時勸誘皇帝吸食五毒散讓他監了國，卻不料他沒有得到皇帝的歡心，反而落到這種地步，只能說他時運不濟了，他對她們的恩情，也可謂兩清了。

大小楊氏躲在宮中不出，不代表九皇子不會去找她們。

當大小楊氏接過九皇子叫人遞給她們的毒藥時，不由得面面相覷。

她們願意幫九皇子，可是不代表願意為九皇子丟了性命，如今她們在宮中吃好喝好、有人伺候，何必去幫九皇子謀什麼大業？

若是為九皇子在皇帝面前講兩句好話還行，可是居然讓她們給皇帝下毒，還要篡改遺詔？這……

九皇子當然不會相信大小楊氏能憑幾句話就為他做這麼多，只叫那心腹宮人輕描淡寫地說道——

「九皇子當時在送姑娘們進宮的時候，便叫苗人在姑娘們的身體裡種下了毒蠱，若是姑娘們不服從九皇子的命令，九皇子有的是法子讓姑娘們不舒坦。」

這宮人語氣平靜，卻不尊稱大小楊氏為娘娘，只叫她們為姑娘，為的就是讓她們別忘了自己的身分。

大楊氏在兩姊妹中是個有主意的，她心中忐忑，九皇子底下的能人異士很多，莫非真在她們身上下了什麼毒蠱？

她勉強對宮人說道：「常言道，飲水思源，我們兩姊妹豈是那忘恩負義的小人？無論到哪兒，我們都不會忘記九皇子的恩情。」

這話雖然說得感人，可是九皇子的心腹宮人顯然不信。

「妳們先等著吧，驗一驗我說的有沒有錯。」

大小楊氏聽了，心中慌得很，卻不料小楊氏當夜就發了病，渾身像被螞蟻啃食著，疼癢極了，任憑太醫如何醫治都找不到原因。

大小楊氏姊妹情深，大楊氏急得團團轉，莫非她們身上真的有毒蠱？

小楊氏疼得在床上打滾，流著淚，苦苦地對大楊氏說道：「姊姊就依了吧，無論結果如何，妹妹都不後悔。」

大楊氏心中焦灼，淑貴妃抓著她們的把柄卻不對她們下手，而九皇子呢？卻拿了她們的把柄急急地讓她們走上死路了。

這樣狠的心，她們怎麼可能再跟他？

大小楊氏屋中混亂，但淑貴妃宮中卻寧靜得很。

淑貴妃看著佛經，見一個小宮人悄悄地從外邊走了進來，在淑貴妃耳邊說道：「大小楊氏的桂花塢鬧騰得很，小楊氏似乎是得了什麼怪病，渾身如螞蟻咬著一般呢。」

淑貴妃翻了一頁佛經，平淡的說著。

「妳可知道毒蠱？」

小宮人只是來對淑貴妃報一個消息，卻不料淑貴妃能這麼好心情與她解釋小楊氏渾身疼痛的原因。

可是即使淑貴妃解釋了，她的嘴巴還是要閉得緊緊的，這宮裡，做啞巴比做正常人活得久。

淑貴妃見小宮人機警的模樣，揮了揮手，讓小宮人退了下去。

九皇子身邊有能人異士，她就不能有？

她身邊的人早就看出了大小楊氏面色紅潤得有些異常，她們身上的這種毒蠱，能增加女子的美貌，還能讓女子不能生育。

最重要的是，毒蠱的主人還能控制蠱附體的人。

以小楊氏的模樣看來，這九皇子似有動作了。

淑貴妃笑了笑，這種情況，還真怕九皇子沒有動作。

九皇子現在能做什麼呢？讓大小楊氏向皇帝進言將他放出來，還是讓大小楊氏做更過分的事？

如今九皇子孤注一擲了，那麼大小楊氏呢？要站在哪一邊？

淑貴妃的雙眼閃爍了一下。

而大楊氏也下定了決心，她們姊妹身世飄零，不求大富大貴，只求平平安安，九皇子如此，便是將她們姊妹逼上了絕路。

她們已犯下大錯，也不求別的什麼，只求能好好活著。

是夜，大楊氏擦了擦眼淚，穿著宮女衣裳悄悄進了淑貴妃的宮殿，兩人密談了許久，沒有人知道她們達成了什麼協定。

大楊氏回到桂花塢以後，安心了不少。

而小楊氏，也從疼痛中解脫了。

大楊氏看著妹妹疼了一宿憔悴的臉，心疼地摸了摸。

「我也不知道這決定是對是錯。」

而小楊氏因為疼了一晚十分困倦，只低喃地說。

「姊姊作的決定，我都願意接受。」

第二日，兩姊妹回了九皇子的心腹宮人，言稱定會為九皇子解除心中的憂慮。

宮人見大小楊氏上道，也來不及分辨真偽，便急急忙忙地與九皇子去說這個好消息，領賞去了。

九皇子聽到這個消息，握緊雙拳，他失眠許久而眼角發青，眼中血絲密布，已經完全沒有翩翩公子的風範。

「將藥給她們。」

他冷冷地說道，自古以來，婊子無情，他不是相信她們能幫他成就大事，只是這時，只能將死馬當活馬醫了。

石磊自回來之後，沒有停下忙碌的步伐，時常去沈府、北定王府商議事情。沈芳菲看得出來，此次回來，他是牢牢站在十一皇子身後了。

這天沈父沈母來到肅親王府，石磊在內室與沈毅商議。

沈夫人也拉著女兒的手問東問西，她看著女兒雖然生了兒子，卻仍和出嫁時一般標致，便感嘆著。

「他對妳倒是好。」

沈芳菲垂著眼，低聲說：「那是自然的。」

上一世石磊誰都不偏幫，才得到了九皇子的愛重。

如今他站到了十一皇子身後，也不知道這算不算是她改了他的命，想到此，沈芳菲的雙眸中閃過一絲擔憂。

沈夫人看到了女兒眼中的擔憂，不由得寬慰道：「妳放心，有妳父親與北定王，此事必成。」

沈芳菲點了點頭，她們身處後院，很多事都只能靠男人去辦，她們能做的，便是將內宅打理好，不讓男人為內宅之事擔憂而已。

大家都屏息以待，等九皇子最後的出手。

皇帝覺得最近十分不對勁，大小楊氏伺候他的時候，從來不提其他成年皇子，而如今九皇子與朝堂無緣了，她們居然幫九皇子說起好話來。

「皇上，您也想想，九皇子好歹是您的兒子，對您一片孝心，您怎麼就聽信小人的讒言將他圈了起來呢？」

小楊氏紅著眼，擦著淚，在皇帝身邊說道。

皇帝以往最愛小楊氏這嬌滴滴的作派，小楊氏一擺出這樣子，什麼需求皇帝都會應了，但是這次，她居然是為九皇子說情，讓皇帝心中十分不悅。

「他的事與妳何干？」皇帝硬聲說道。

小楊氏見皇帝不高興，便閉了嘴，不再說話。

皇帝見小楊氏欲言又止的樣子，心中更加惱怒。

即使宮中眾人都忘記了那個受寵的麗妃，而皇帝卻不會忘。

從那時候起，皇帝便深刻明白，自己老了，而兒子們的野心都大了，這件事一直是他心中的一根刺，而如今小楊氏的作派是和九皇子勾搭在一起了？

皇帝狠狠看了小楊氏一眼，又想起這大小楊氏可是九皇子獻給他的，莫非她們在入宮之前就與九皇子有了瓜葛？

還來不及細想，皇帝就覺得自己頭上被九皇子戴了一頂綠油油的帽子，看都不看楚楚可憐的美女，便衝出了桂花塢。

淑貴妃聽說桂花塢發生的事，撇了撇嘴，對來探望她的沈芳怡說：「之前九皇子做了那麼對不起大梁的事，都不如這一樁讓皇帝生氣。」

她說此話時無怒無喜，這個男人真的已經讓她徹底失望了。

皇帝在自己的宮殿裡，又急又氣。

想到之前身邊那麼多美女都是九皇子敬上的，讓他不由得懷疑自己身邊的美女都是喜歡九皇子，為了九皇子才與他作戲的。

這時，正有一個九皇子獻上的美人因嫉妒大小楊氏專寵於前，今日見皇帝發了小楊氏好大的火，便斗膽站在皇帝寢宮門口，拿著湯，一副關心皇帝的作派，讓太監們感嘆這美人真是找死呢。

果不其然，皇帝看到了這美人，並沒有因為她關心自己而倍感欣慰，而是大發雷霆，叫人將這美人杖斃在宮殿門口。

小楊氏聽到此消息的時候，顫抖了一下。

「不用怕。」

大楊氏拍了拍小楊氏的手。

她們這樣的女子，從小便經歷了很多，如今她和小楊氏能到如此地步，也算是滔天幸運，不過這幸運，是需要用命來搏的。

第九十章

皇帝大怒，杖斃一名美人的事，傳遍了宮廷。

九皇子在宮外也有耳聞，他這個父皇，人老了，又受了五毒散的影響，變得喜怒無常也是難免的。

他關注的是，那宮人什麼時候能尋機會將東西送給大小楊氏？

殊不知，他那個認為自己戴了綠帽子的父皇，早已吩咐了內侍牢牢盯著桂花塢，若是有什麼不對勁，便立即掐死九皇子。

九皇子讓這宮人遞毒藥給大小楊氏，這宮人窺探了幾天，自以為找了一個空檔將毒藥遞給大小楊氏，卻不料被皇帝的內侍抓了個人贓俱獲。

這宮人既然能被九皇子收買，便不是一個多有骨氣的人，他被噼噼啪啪的一頓板子打下來，便什麼都招了。

可是他招的時候還是留了小心眼，若是跟皇帝說是送毒藥毒害他的，豈不是他全族都要死光光？他低著頭一頓嗚呼說：「小人也不知道遞的是什麼，只知道九皇子讓我遞給大小楊氏。」

皇帝聽他如此說，更是火冒三丈，派人將大小楊氏扯了過來，恨不得將這兩個賤人立刻弄死。

大小楊氏看見了那宮人，面色一白，立刻知道皇帝叫她們來的原因，見了皇帝，只無限委屈叫了一聲皇上，便癱倒在地上。

皇帝雖然暴怒，但內侍們卻不由得不感嘆，這大小楊氏真是天生的尤物，到了這個時候，還能保持如此美的姿態。

皇帝見大小楊氏楚楚動人的模樣，只哼了一聲，冷聲說：「我那好兒子給妳們送什麼呢？」

大小楊氏聽到這話，面色更加蒼白，瑟瑟抖著，都沒有說出來。

「一個兩個，都是賤人！」

皇帝見大小楊氏的模樣，以為她們已經默認與九皇子有私情，不由得怒道。

「讓那個不肖子進宮，說一說到底與這兩個賤人私傳了什麼！」

上次九皇子私通狼族時，皇帝還留了臉面，可是這次是氣急了，殿外都能聽見他的怒吼。

所有人馬上就知道皇帝大怒了，皇帝自吸食五毒散以來，便有些喜怒無常，但是這次居然是對最寵愛的大小楊氏發怒，倒有些稀罕了。

淑貴妃聽到皇帝大怒的消息，笑了笑，叫侍女扶著她說：「走，咱去瞧瞧皇上。」

淑貴妃雖然語氣溫柔，但是那一雙眼睛卻透著森森的寒意。

九皇子再次被請到宮中，還未等他走入宮中對皇帝行禮，便被皇帝一腳踢到了地上。

「你這個混帳，早知道你剛出生的時候就淹死你！」

皇帝赤紅著一雙眼睛瞪著九皇子。

九皇子被皇帝一腳踢得心窩發疼，但是皇帝口中說的話卻更讓他心寒。

呵呵，淹死我？那一開始就別碰我母親啊！九皇子緩緩地抬起頭來，看了皇帝一眼。

當九皇子看著皇帝的時候，皇帝正好也在瞪九皇子，皇帝看到的是九皇子那一雙帶著怨恨的眼，他心中一緊，這個兒子，他不能留了。

九皇子捂著胸口，從地上爬起來，掙扎著對皇帝行了禮，問道：「父皇為何發這麼大的火？」

他進來的時候已經掃視了一周，看見那被捆綁的宮人和瑟瑟發抖的大小楊氏，便全明白了，只是那宮人剛進宮，事情怎麼就這麼快敗露了？

「你還問我？我倒不知道，你和我的妃子情誼這麼好，到了私傳東西的地步！」皇帝怒斥道。

九皇子聞言，鬆了一口氣，只要不是他欲給皇帝下毒的事暴露，這一切都可以圓回來。

九皇子瞥了瞥一旁雙目中露出渴望之色的宮人。

這人必須要保，不然的話，他將下毒的事坦白說出來，那麼大家都不要活了。

「我只是叫他給小楊氏送當年喜歡吃的東西而已。」九皇子忍住心中的怒氣，對皇帝說道。

「當年喜歡吃的東西？」

皇帝似笑非笑，這兩人居然還在他眼皮子底下話起當年的情誼來了？

小楊氏聽九皇子說起她當年喜歡吃的東西，又知道這宮人到底送的是什麼東西，一張小臉煞白煞白的，完全沒有追憶之色。

「淑貴妃來了。」

一個內侍走了進來，在皇帝耳邊說道。

「她怎麼來了？」

自從淑貴妃將皇帝從桂花塢拖出來後，皇帝便遠離了淑貴妃。哪個男人願意親近嚴肅看管自己的女人呢？加上這個女人曾經有恩於他，他便更不想看見她了。

「皇上您這是怎麼了？」

淑貴妃走到皇帝身邊，拍了拍皇帝。

淑貴妃對皇帝還是有震懾力的，皇帝見到淑貴妃，便收斂了一些，揮了揮袖子。「妳問她們。」

淑貴妃一雙美目看著大小楊氏，奇怪地問道：「這是怎麼了？」

小楊氏聽淑貴妃如此問了，撲到淑貴妃的腳邊。

「娘娘冤枉啊！」

皇帝見小楊氏看見淑貴妃如同看到了親人，不由得哼了一聲。

淑貴妃在皇帝身邊坐下，笑著說：「莫非有什麼誤會？」

「還能有什麼誤會？」皇帝不悅地說道。

九皇子面色蒼白，還沒來得及辯駁，大楊氏就在一旁嚎了一聲。

「妹妹，妳就說了吧，九皇子一直威脅妳，讓妳就範於他。」

小楊氏雙眼含著淚，幽幽地對皇帝說：「臣妾心中只有皇上，不曾答應過九皇子。」

皇帝見小楊氏的作態，心中已經軟了一半，他寧願相信是自己的兒子勾引了妃子，而自己的妃子還是愛自己的。

九皇子面色驟變，卻不好說出什麼推託之詞，如果他不傾慕小楊氏，為什麼要著宮人送東西進來？宮人送的是什麼？

「皇上，九皇子為了逼妹妹就範，還在我們姊妹身上下了毒蠱，妹妹不答應，被毒蠱折磨得連床都下不來呢。」

大楊氏又擦了一把眼淚。

「這事可當真？」

皇帝一雙眼睛如劍一般看著九皇子，小楊氏之前大病一場他是知道的，眾多太醫都覺得病徵十分奇怪，診斷不出是什麼問題。

九皇子口中如含著黃連，卻只能說：「她們滿口胡言，兒臣冤枉。」

皇帝對麗妃只有恨，但是對嬌俏的小楊氏確是有著寵愛，如今就算不是九皇子傾慕小楊氏，也想將這罪名冠到九皇子的頭上去。

「我們將袁太醫請來，讓他看一看便知了。」淑貴妃在一旁冷冷地說道，袁太醫雖然是太醫，但是也精通巫術。

宮人看了看淑貴妃，又看了看皇帝，連忙將袁太醫請了過來。

淑貴妃親自與袁太醫說明緣由，他沈吟了一番，為大小楊氏診了診。

「啟稟皇上，大小楊氏身上確實有毒蠱。若不信的話，我便將大小楊氏身上的毒蠱熏出來讓您看看。」袁太醫幼時就跟著師傅走遍邊疆，遇見的毒蠱多得很，大小楊氏身上的這些，他根本不放在眼裡。

「這麼說的話，袁太醫有辦法嘍？」淑貴妃問道。

「那是自然。」袁太醫自信地點了點頭，他向左右看了看，立刻有宮女奉上紙與筆，袁太醫行雲流水般地將方子寫了出來，請宮女呈到了淑貴妃面前。

「還請娘娘幫我準備這些東西。」

淑貴妃稍微看了方子一眼，方子上的東西並不難準備，她將方子遞給宮女。「去辦吧。」

淑貴妃的吩咐，宮人自然不敢怠慢，迅速地準備好了方子上的東西，呈了上來。

袁太醫將這些東西攪在一起，並用熏香將其發散開來，剎那間，殿中眾人都聞到了一股異常的香味，而大小楊氏聞到了這股異香以後，竟嘔吐起來。

皇帝眉頭一皺，宮人連忙拿著簾子將大小楊氏遮了起來，不過一瞬間，有宮人便拿著一個盆子出來。

有人微微地看了一眼，不由得驚駭地睜大了眼睛，只見盆子裡裝了兩隻五彩斑斕的蜘蛛，居然是從那如花似玉的美人口中爬出來的。

皇帝是萬金之軀，自然不會親自去看那兩隻毒蠱，他的心腹太監走了過去，看了一眼，露出驚訝的神色，然後走回去將事情與皇帝說了。

皇帝遠遠看著那大盆，沈著聲對九皇子說：「你還有什麼好說的？」

九皇子面色慘澹，嘴裡只喊著冤枉，但是他能跟皇帝說——我送這些美人入宮就是為了討好你，我還要她們奪取了你的性命？

「皇上，九皇子如此行事，實在是令人寒心，我今日倒是要為小楊氏撐個腰，不知皇上如何處置九皇子呢？」淑貴妃道。

皇帝定定地看了九皇子一眼，那曾經還算仁慈的雙眼裡充滿了血絲和忌恨。

「將九皇子貶為庶人吧。」

「不！」九皇子哀悽出聲。「父皇，我冤枉，我真的冤枉啊！有的事不是她們那些賤人說是就是啊！」

皇帝撇了撇嘴。

「你當我是傻的？你的這些小心思我可是一清二楚。當年我看你那爬床的母親就不是個好的，結果生下的兒子更不是個好的，居然想要我的位置！」

九皇子被押著，見大勢已去，不由得冷笑說：「成王敗寇，我願賭服輸，可是你不要侮辱我的母親！」

皇帝聽九皇子如此說，差點氣得跳腳。

「你這個不知好歹的東西！」

「在我成年之前，你有沒有好好看過我？我被宮人欺負的時候，你在哪兒？我被三哥、四哥追著打的時候，你在哪兒？為了牽制十一皇子和他身後的北定王府，你將我立為傀儡，難道我心中就不怨？」

九皇子一雙眸子如湖水一般深，說出來的話句句大逆不道。

「來人啊，將他拖出去！」

侍衛將九皇子拖了出去，並沒有像以往般手下留情，被貶為庶人的皇子，已經一文不值了。

皇帝雖然面色如常，但其實傷透了心，他一個知天命的人，看著兒子們為了權勢一個又一個離他而去，他到最後，才明白了孤家寡人的含意。

皇帝一個人在宮中，心中寂寥，又想起那個為自己貢獻了所有的好友黎子亭，他將石磊召進了宮，細細打量了一番。

「只怕你父親也沒想過，你有這樣的造化。」皇帝喟嘆道。

「臣的一切造化，都是皇上您給的。」

石磊面對皇帝時，表情恭順，雖然他因吸食五毒散誤了不少軍事，但是他對石磊，確實是好的，石磊對他十分感激。

「你父親有你這麼一個優秀的兒子，到了九泉，都能安心，反而朕……」大概是面對故人之子，皇帝將心中的話不由得說了出來。

「皇上不要杞人憂天。」

石磊不好評價皇子，只好這麼說了一句。

皇帝盯著石磊良久，突然用乾枯的手抓住了石磊的手腕。

「子亭，子亭，你說朕該立誰？」

他的聲音有些悲愴，吸食五毒散太久讓他的腦子裡出現了幻覺，誤以為石磊便是那黎子亭。

石磊有些驚訝地看著皇帝，他反握住皇帝的手，說道：「皇上，無論如何，黎子亭的血脈都願意站在您這邊。」

「呵……」皇帝聽了這話，彷彿如夢初醒。「也就你能對我這麼說了……」他陰暗地說道。

皇帝與石磊說完了話，便去看了十一皇子，朝中眾人對十一皇子都十分滿意，催促著皇帝立十一皇子為太子。

可是皇帝卻覺得，這樣讓他得到皇位實在是太便宜這個兒子了。但是到了此時，左顧右盼，他身邊，也就只有這個成年兒子堪當大任了。

十一皇子正在溫書，看到皇帝走進來，連忙站了起來，對皇帝十分恭敬，讓皇帝那受傷的心微微癒合了一些。

「你在看什麼？」皇帝溫和地問道。

十一皇子看著皇帝，有些恍惚。

在很久以前，皇帝也是如此溫和地問過他，可是到最後，皇帝對他和他身後的母族卻起了防心。

「兒臣在看《史記》。」十一皇子老實說道。

皇帝撥了撥十一皇子身邊的書，書中有著十一皇子洋洋灑灑的批注，雖然不夠出色，但也算得上是中規中矩。

「你有沒有想過登上我的位置？」皇帝淡淡問道。

十一皇子聽了皇帝的問題，連忙跪在地上。

「兒臣從不敢癡心妄想。」

「哦？」皇帝盯了十一皇子良久，終於明白當年父皇喜歡大哥的原因，出身好，為人機敏卻沒有太大的權力慾望，不像他們這種從底層上去的、不受寵的，無論做什麼事都要殫精竭慮，最後落得個鳥為食亡的下場。

皇帝與十一皇子聊了半天，才悠然離去。

伶俐的宮人來到十一皇子的身邊說：「恭喜十一皇子了。」

「不要亂傳。」十一皇子皺著眉說道，在這麼長的時間裡，他唯獨學會的便是克制與忍耐。

第二日，皇帝下了聖旨，封淑貴妃為后，封十一皇子為太子監國，皇帝以身子不好的理由從朝堂退了下來，從此以後在宮中更加醉生夢死。

幾天後，沈芳菲才從外邊聽說了宮中的風雲驟起，無論如何，九皇子是真的敗了。

她失神地坐在椅子上，想著前世今生，有些分不大清楚，到底是莊生曉夢迷蝴蝶還是蝴蝶曉夢迷莊生？

此時，外面傳來石磊練劍的喧囂聲，房內又傳來小兒的哭聲，沈芳菲才醒了過來，不論前世，今生她是真的幸福了。

沈芳菲剛出月子，頭腦有些發懵，她發了半天的呆，突然想起石磊說要帶她去莊子上看桃花，便連忙打扮了，走出房門。

石磊站在院子門口，看見沈芳菲如少女一般，從房裡走出來，心中一片安寧。

他沒對沈芳菲說的是，他作了一個夢，夢中自己還是那個莊子上的窮苦少年，沈芳菲高潔，他偷偷看了她許多次，卻不能靠近。同樣，他為了她上戰場，只求若是有了戰功，能夠堂堂正正站在她面前說一聲：「沈小姐，妳好。」

可是夢中的他卻沒有今世的好運，他在戰場上九死一生，好不容易登上將軍之位，可是等他回來的時候，她卻出嫁了。他在灰心之下，又去了戰場，卻不料沈家覆沒，他匆匆忙忙趕回來，只聽說了香消玉殞的消息。

那夢中的痛徹心腑，他到現在都不能忘記。

那個夢太真實，待他醒來以後，出了一身冷汗，卻看見身邊安然入睡的沈芳菲，這才放鬆地笑了笑，輕輕握住沈芳菲的手。

上天厚我，此生無憾。

——全書完

2015
熱浪來襲！
夏日線上書展

文創風 不變的堅持＋品質的要求＝租書店長最愛書系

美人尚未遲暮，夫君已然棄之，
多年來的萬千寵愛，到頭來更顯諷刺，
良人啊良人，原來亦不過是個涼薄之人……

莫問前程凶吉，但求落幕無悔／麥大悟

文創風 314-318 《相公換人做》 全套五冊

上一世，她嫁予三皇子李奕，隨著他登基後被封為妃，極受聖寵，
然而，數年的恩愛，最後換來的竟是抄家滅族的下場，
而她這個萬千寵愛的一品貴妃，則是加恩賜令自盡！
如今能再活一遭，她定不會聽天由命，再向著前世不得善終的結局走去，
雖然前世最後那幾年到底發生了什麼事，她一概不知，
但有一點她很明白——此生她不想再和三皇子有交集，她的相公絕不能是他！
她看得出娘親有意讓她嫁給舅家表哥，她也想趁此斷了三皇子對她的念想，
豈料兩家正在議親之際，表哥竟突然被賜婚成了駙馬，
更沒料到的是，與三皇子兄弟情深的五皇子竟向聖上請旨賜婚，欲娶她為妃！
她此生最不想的便是與三皇子有交集，無奈防來防去卻沒防到五皇子，
而另一方面，三皇子對她竟是異常執著，不甘放手，
她向來知曉三皇子表面看似無害，實則城府極深，
卻不想仍是著了他的道，一腳踩入他設下的陷阱中……

【書展限定】 7/21 陸續出版
原價250元/本，**新書優惠75折**，買整套再送精緻書套X5！

2015
熱浪來襲！
夏日線上書展

不變的堅持＋品質的要求＝租書店長最愛書系 文創風

寧負京華，許卿天涯／花月薰

文創風 319-321 《閒婦好逑》全套三冊

親爹高富帥、親娘白富美……這都跟她穿越投胎沾不上邊，
想她蔣夢瑤一出世，雙親就是「重量級的廢柴雙絕」，
親爹雖是大房子孫，卻在國公府中受盡苦待，還遭逐出府。
好在這看似不靠譜的雙親很是給力，
親爹繼承國公爺的衣缽從戎去，親娘經商賺得盆滿缽滿。
好不容易一家人熬出頭，
不料，她的婚事卻被老太君和嬸娘們給惦記上，
她才剛機智地化解一場烏龍逼婚、相看親事的戲碼，
受盡榮寵的祁王高博後腳就登門來求娶，
猶記兩人初見是不打不相識，彼此竟越看越順眼……
可怎知才提親不久，高博就被廢除祁王封號、流放關外？！
也罷，既嫁之則隨之，遠離這繁華拘束的安京，
只要夫妻同心，哪怕是粗茶淡飯也是幸福的……

【書展限定】 8／4 出版
原價250元/本，**新書優惠75折**，買整套再送精緻書套X3！

2 美國Nostalgia electrics棉花糖機 2名

麵包機不稀奇，氣炸鍋人人有，
那現在流行什麼？
答案是懷舊棉花糖機！
時髦復古的外型，直接放入糖果就能製作出
個人口味的棉花糖，讓你邊玩邊吃，
在家辦Party也超有面子！

3 CHIMEI 9吋馬達雙向渦流DC循環扇 2名

電風扇不再是冬天的倉庫常客，
循環＋風扇 2合1，一年四季都適用！
沙發馬鈴薯必備款——附有無線多功能遙控器！
雙向送風設計，有8段風速可選擇，
還有7.5小時定時功能！內設DC節能靜音馬達，
給你最清靜又環保的夏日時光！

4 狗屋紅利金200元 20名

狗屋紅利金永遠最貼心！超實用的省錢術，下次購書可抵結帳金額喔～

★小叮嚀

(1) 購書滿千元免郵資，未滿千元郵資另計。請於訂購後兩天內完成付款，
未於2015/8/8前完成付款者，皆視為無效訂單。
(2) 如果訂單上有尚未出版之預購書籍，會等到書出版後一併寄送。
(3) 活動期間，親自至本社購買亦享有相同折扣，但請先電話聯絡確認欲購書籍，以方便備書。
(4) 5折、50元、5本100元的書籍，皆會另蓋小狗章。
(5) 特賣書籍因出書時間較久，雖經擦拭、整理，仍有褪色或整飾痕跡，故難免不如新書亮麗。
除缺頁、倒裝外無法換書，因實在無書可換，但一定會優先提供書況較良好的書給大家。
若有個人原因需要換書，需自付來回郵資。
(6) 各書籍庫存不一，若遇缺書情形可選擇換書。
(7) 歡迎海外讀者參與(郵資另計)，請上網訂購，或mail至love小姐信箱
(love@doghouse.com.tw)詢問相關訊息。

狗屋．果樹有權修改優惠活動的實施權益及辦法。

字字珠璣　詼諧中見深情／花樣年華

大氣磅礴、情意纏綿，千百滋味盡在筆下／月半彎

2015年4月出版

掌上明珠

前生被母親所誤，她仇恨父親，錯愛他人，
最終落得一切盡毀，如今她既然有機會再活一次，
她不但要當父親的乖女兒，更要那些人償還欠她的人生！

文創風 283 1

母親的恨意毀了她的前生，令她性格乖僻、痛恨父親，落得家破人亡，
但父親始終護著她，至死，她終於徹底醒悟——原來她便是母親的報復！
萬幸上天憐惜，讓她重生回到母親臨終前，一切還未明之時；
這一生，她既然領先一步，便要扭轉自己和父親的結局，
首先便是先收服那個莫名恨她，而後又致她於死的神祕黑衣男子，
只是這一步才踏出，怎麼發展卻大大超出她預料，
難道既定的事件被她改變，局勢便失控了……

文創風 284 2

雖是重生，但她仍是處處危機，幸而身邊有「阿呆」陪伴，
這「阿呆」原來本姓謝，也是大有來歷，卻被那神祕男子留在自己身邊；
也因他才能過人，而她聰明伶俐，兩人開了商號，竟也混得風生水起，
只是她終究心繫父親容文翰，想起前生如何地傷害最疼愛自己的父親，
如今情勢即將走到父親落入奸人陷阱的時刻，
她怎麼也坐不住，左思右想，決定改扮男裝，前往邊關尋父！
只是即便有阿呆和隨從護衛，一路上仍是險象環生，
甚至面臨生離死別，究竟是誰非要置他們於死地……

文創風 285 3

謝彌遜從來視身分家世如無物，無論是謝家子弟或是安家孫子，
他一心一意想陪著容霽雲，她要上天下地、做什麼事情都行，
只要她讓他伴著，刀山火海他也陪她一起去；
可她遲早要回歸容氏本家，甚或可能是容家下一任當家，
她如此高貴，他又怎能委屈了深愛的她……
而他身分未定，又身不由己地被五皇子捲入皇室鬥爭，
他與她之間，似乎越來越難有平靜相守的時刻，
這條情路，又會因朝廷風雲掀起怎樣的風波……

文創風 286 4 完

兩人認祖歸宗又心意互許，本該是好事一件，
但因身為當朝三大家之一，這段姻緣自然礙了別人的眼……
而太子在五皇子的對抗之下，野心越來越大，也引起皇上的疑心；
朝堂之上，風雲暗湧，容霽雲和父親小心翼翼、如履薄冰，
甚至放棄眼前的權勢與名聲，只為換得皇上的安心、容家的安全，
卻沒想到太子的野心之大，竟想弒君登基！
她重生以來拚命守護的一切，終究還是要面臨破滅的一刻嗎……

絕妙好文・會心一笑／蘇芫

為流浪貓狗加油 和貓寶貝 狗寶貝

廝守終生(一定要終生喔！)的幸福機會

對人來說，貓寶貝狗寶貝只是生活的一部分，
但妳（你）對牠們來說，卻是生活的全部，領養前請一定要考慮清楚——

▲ Didi和Gigi幸福的邀約

性　　別：Didi男孩，Gigi女孩
品　　種：米克斯
年　　紀：Didi快2歲，Gigi2歲多
個　　性：Didi傻傻沒脾氣，Gigi可愛傻大姊
健康狀況：皆做過完整身體健查，已結紮，
　　　　　也有注射預防針和定期體內外驅蟲
目前住所：台北市中山區

本期資料來源：愛媽Christine

『Didi&Gigi』的故事：

Didi以前還在流浪時，曾經被狗咬、被摩托車撞，二度進入醫院治療，小小的身體就遭受了不少磨難，完全可以想像牠當時多麼害怕徬徨。於是當牠出院後，我便帶牠回去，成為牠的中途幫牠找家。Didi是個傻呼呼的孩子，只要有食物就可以讓牠開心好久。而沒啥脾氣的牠也很膽小，音量稍微大些，牠就會快速躲開，所以也很聽話。

Gigi則曾經連同牠的姊妹一起得過貓瘟，一位離開，牠和姊姊幸運地活了下來。然而之後因為識人不清，傻得將牠們誤託給惡劣的付費中途之家，兩個孩子竟六個月都沒出過那二尺籠子……直到被人緊急通知，我才趕緊將牠們帶離，心中滿滿的自責和不捨。

回來後，小女孩開心地走來跳去，像是在享受自由自在的感覺，看見玩具也好興奮，和其他小夥伴玩耍得相當快樂。當下忍不住有些鼻酸。至今已過了一年，想替可愛的牠找家，雖然機會可能不大，但我還是想與Gigi一起努力看看。

Didi和Gigi都是非常可愛的孩子，儘管過去曾經那麼難過，現在卻能走出陰霾，一舉一動都可愛得讓人心疼。這樣好的孩子們，不知道有沒有那麼一個人願意疼牠愛牠一生呢？如果你願意來應這令人覺得幸福的邀約，歡迎來信：ccwny210@gmail.com，讓牠和你共創今後的美好生活。

認養資格：

1. 認養者須年滿20歲，有獨立經濟能力，並獲得家人與同住室友的同意。
2. 學生情侶或單獨在外租屋的學生，須提出絕不棄養的保證。
3. 生病要能帶牠去看醫生，不關籠飼養，讓牠生活自由自在。
4. 同意送養人日後之追蹤探訪。
5. 認養前請把毛孩子放入你的20年計劃，疼牠愛牠不離不棄。

來信請說明：

a. 個人基本資料：姓名、性別、年齡、家庭狀況、職業與經濟來源等。
b. 想認養「Didi」或「Gigi」的理由。
c. 過去養寵物的經驗，及簡介一下您的飼養環境。
d. 若未來有當兵、結婚、懷孕、畢業、出國或搬家等計劃，將如何安置「Didi」或「Gigi」？

風 文創 311

嬌女芳菲 3 完

國家圖書館出版品預行編目資料

嬌女芳菲 / 喬顏著. --
初版. -- 臺北市 : 狗屋, 2015.07
冊 ; 公分. --(文創風)
ISBN 978-986-328-472-7(第3冊:平裝). --

857.7　　104007963

著作者　喬顏
編輯　余一霞
校對　黃薇霓　周貝桂
發行所　狗屋出版社有限公司
地址　台北市104中山區龍江路71巷15號1樓
電話　02-2776-5889～0
發行字號　局版台業字845號
法律顧問　蕭雄淋律師
總經銷　知遠文化事業有限公司
電話　02-2664-8800
初版　2015年7月
國際書碼　ISBN-13　978-986-328-472-7
原著書名　**《重生之花开芳菲》**，由北京晉江原創網絡科技有限公司授權出版

定價250元
狗屋劃撥帳號：19001626
網址：love.doghouse.com.tw　E-mail：love@doghouse.com.tw